봉신연의 5

지은이 허중림
옮긴이 김장환

도서출판 신서원

역사여행 21 **봉신연의 5**

2008년 6월 20일 초판1쇄 인쇄
2008년 6월 25일 초판1쇄 발행

지은이 • 許仲琳
옮긴이 • 김장환
펴낸이 • 임성렬
펴낸곳 • 도서출판 신서원
서울시 종로구 교남동 47-2 힘신빌딩 209호
전화 : 739-0222·3 팩스 : 739-0224
등록번호 : 제300-1994-183호(1994.11.9)
ISBN 978-89-7940-721-1

신서원은 부모의 서가에서 자녀의 책꽂이로
'대물림'할 수 있기를 바라며 책을 만들고 있습니다.
잘못된 책은 연락주세요.

목차

49 무왕이 실수로 홍사진에 빠지다 ▪ 5

50 세 낭랑이 계책을 세워 황하진을 설치하다 ▪ 27

51 자아가 군영을 습격하여 문중을 격파하다 ▪ 49

52 절룡령에서 문중이 하늘로 돌아가다 ▪ 71

53 칙명을 받들어 등구공이 서기정벌에 나서다 ▪ 89

54 토행손이 공을 세워 빛을 드러내다 ▪ 111

55 토행손이 서기로 귀순하다 ▪ 137

56 자아가 계책을 세워 등구공을 거두다 ▪ 153

57 기주후 소호가 서기정벌에 나서다 ▪ 191

58 자아가 서기에서 여악을 만나다 ▪ 221

59 은홍이 산을 내려와 네 장수를 거두다 ▪ 249

무왕이 실수로 홍사진에 빠지다

도덕진군은 연등도인의 명을 받자 칼을 비껴들고 나아가 말했다.

"왕변王變, 당신들은 하늘의 때를 깨닫지 못하고 천하의 대세를 뒤엎을 것을 기대하여 하늘이 행하는 일을 거스르니, 몸은 다치고 후세에 이름을 더럽히고 있소. 지금 당신들의 10진 중에서 여덟아홉이 격파되었는데도 숙고하지 않고 날뛰는군!"

도덕진군의 말을 들은 왕천군 왕변은 말없이 도덕진군을 향했다. 서로 몇 차례 싸운 뒤 왕변은 본진으로 들어가 버렸다. 도덕진군은 재촉하는 종소리를 즐기며 즉시 진 안으로 쫓아 들어갔다.

왕변이 던진 호리병의 붉은 물은 온 땅에 가득 찼다. 그때 도덕진군이 소매를 휘두르자 한 송이 연꽃이 한들한들 떨어져 내렸고 진군은 두 발로 그 연꽃을 밟고 섰다. 아무리 붉은 물이 아래위로 요동쳐도 도덕진군은 아랑곳하지 않았다.

왕천군이 또 호리병 하나를 집어던졌으나, 도덕진군의 머리 위에서 기이한 구름이 나타나 가렸으므로 단 한 방울의 물도 몸에 묻지 않았다. 그렇게 서 있는 도덕진군의 모습은 망망대해의 일엽편주를 한가로이 타고 있는 것과 같았다.

도덕진군이 연꽃을 밟고 있은 지 한 시간이 지났다. 왕변은 이 진법이 성공할 수 없음을 깨닫고 몸을 돌려 도망치려 했다. 도덕진군은 급히 오화칠금선五火七禽扇 부채를 꺼내 한 차례 부채질했다. 이 부채는 공중화空中火·석중화石中火·삼매화三昧火·인간화人間火·목중화木中火의 다섯 가지 불이 모여 이루어진 보물로서 봉황깃털, 푸른 난새깃털, 대붕깃털, 공작깃털, 백학깃털, 큰기러기 깃털, 올빼미깃털 등 일곱 가지 날짐승의 깃털로 만든 부채인데, 각 깃털 위에는 부적도장이 찍혀 있고 비결이 또한 내재

되어 있었다.

왕천군은 변변하게 소리 한번 내지르지 못한 채 한 줌의 재로 변했다.

도덕진군이 홍수진을 격파하고 돌아오자 연등도인은 갈대집으로 되돌아와 고요히 좌정했다.

한편 장천군이 중군군막으로 들어와 보고했다.
"홍수진이 또한 서주에게 격파되었습니다."

문 태사는 조공명의 정두칠절서釘頭七箭書의 일 때문에 괴롭고 답답하여 군사 일을 돌보지 못하고 있었는데, 홍수진마저 격파되었다는 소식을 듣자 더욱 상심이 되었다. 태사는 허우적허우적 공명을 돌보기 위해 후영으로 왔다. 공명이 말했다.

"문형, 당신과 내가 만나는 것도 오늘이 마지막이구려. 내일 한낮이 되면 나의 생명의 끈이 끊어질 것이오."

태사는 그 말을 듣자 눈물을 흘리며 말했다.

"내가 도형께 누를 끼쳐 이처럼 재앙을 만나게 했으니 내 마음은 칼로 도려내는 듯 아픕니다!"

이어서 장천군이 들어와 조공명을 만났으나 힘이 있어도 어찌할 수 없으니 다만 정두칠전서만 원망할 뿐이었다. 대라신선大羅神仙이 일개 병든 범부와 같이 주문에 걸렸으니, 무슨 체면으로 다시 오행둔술五行遁術을 논할 것인가? 서로 쳐다보며 눈물만 흘렸다.

한편 자아가 절을 시작한 지 꼬박 21일째가 되는 날 아침녘이 되자 무길이 보고했다.

"육압 어르신께서 오셨습니다."

자아는 병영에서 나와 맞아들여 예를 행했다. 차례대로 앉은 다음 육압도인이 말했다.

"축하하오, 축하하오! 공명이 죽을 날이 오늘이오! 그리고 또 홍수진을 격파했으니 기쁨이 배로 더한 느낌이오!"

자아는 육압도인에게 깊이 감사했다.

"만약 도형의 무궁한 법력이 아니었다면 어찌 공명을 없앨 수 있었겠습니까?"

육압도인은 통쾌하게 웃으면서 꽃바구니를 열어 조그만 상지궁桑枝弓과 세 개의 도지전桃枝箭 화살을 꺼내 자아에게 건네주었다.

"오늘 한낮이 될 무렵 이 화살로 조공명을 쏘시오."

"명대로 따르겠습니다."

두 사람은 군막 안에서 한낮이 될 때를 기다렸다. 음양관이 "한낮이오!" 하고 알리자 자아는 손을 씻고 활을 집어들어 화살을 먹였다. 육압도인이 말했다.

"먼저 왼쪽 눈을 맞히시오."

자아는 지시에 따라 먼저 왼쪽 눈을 맞혔다. 자아가 서기산에서 제웅에다 활을 쏘자, 태사진영의 공명은 외마디 소리를 지르면서 왼쪽 눈을 감았다. 태사는 심장을 칼로 도려내는 듯하여 공명을 부둥켜안고 눈물을 흘리며 슬피 울었다. 자아는 기산에서 두번째 화살을 오른쪽 눈에다 쏘았고, 세번째 화살을 심장에다 쏘아 세 대의 화살로 제웅을 맞혔다.

마침내 조공명은 태사진영에서 숨을 거두었으니 속세의 마음을 끝맺지 못한 도의 최후를 보는 듯했다. 태사는 공명이 비명에 죽자 목놓아 크게 울었다. 등충·신환·장절·도영 네 장수가 몹시 놀라 떨었다.

"서주 주나라 진영에 이러한 뛰어난 사람이 있으니 어찌 대적할 수 있겠는가!"

조공명이 죽었다는 소식이 전해지자, 태사군영의 대오는 일시에 흐트러졌다.

한편 자아는 육압도인과 함께 갈대집으로 돌아와 여러 도우들을 만나 말했다.

"만약 육압 도형의 도술이 아니었다면 어찌 조공명을 이렇게 죽일 수 있었겠소!"

연등도인도 매우 칭찬했다.

이때 장천군이 분함을 참지 못하여 태사의 만류도 뿌리친 채 밖으로 뛰쳐나왔다. 그리하여 홍사진紅沙陣을 설치하고 진 앞에 나아가 연등도인을 불렀다.

연등도인이 듣고 자아에게 말했다.

"이 홍사진은 매우 위험한 진이므로 반드시 복인福人이 들어가야 탈이 없을 것이오. 만약 복인이 아닌 사람이 들어가 이 진을 격파하려다가는 반드시 크게 다칠 것이오."

"스승께서는 누구를 복인으로 삼고자 하십니까?"

"만약 홍사진을 격파하려면 지금의 성주聖主께서 가셔야 됩니다. 만약 다른 사람을 보낸다면 길함은 적고 불길함이 클 것이외다."

"지금의 천자께서는 선왕의 인덕을 본받으셔서 군사 일에는 능숙하지 않으신데 어찌 이 진을 격파할 수 있겠습니까?"

"이 일은 지체할 수 없소. 속히 왕을 청하시면 제가 알아서 처리하겠소."

자아는 무길로 하여금 왕을 청해 오게 했다.

잠시 뒤 왕이 갈대집에 이르렀다. 자아가 맞아들여 갈대집에 올랐다. 무왕은 여러 도인들을 보고 절했고 여러 도인들도 답례했다.

무왕이 말했다.

"여러 선생들께서 부르셨다는데 무슨 분부라도 있으신지요?"

연등도인이 말했다.

"지금 10진 중에서 이미 아홉 개를 격파했고 단지 홍사진 한 개만 남았는데, 지존께서 친히 격파해야 탈이 없습니다. 다만 지존께서 가시려는 마음이 있으신지 알지 못하겠습니다."

"여러 도인들께서 이곳에 오신 것은 모두 서주 땅이 전쟁의 참화로 인해 어지러운 까닭에 이에 불쌍히 여기는 마음을 일으키신 때문입니다. 오늘 저를 필요로 하시는데 어찌 감히 가지 않겠습니까?"

연등도인이 크게 기뻐하면서 말했다.

"청컨대 대왕께서는 허리띠를 풀고 도포를 벗으소서."

왕은 그 말에 따라 허리띠를 풀고 도포를 벗었다. 연등도인은 가운데손가락으로 무왕의 가슴과 등에 부적을 한 장씩 붙였다. 다 붙이고 나서 왕에게 도포를 입도록 한 뒤 또 한 장의 부적을 왕의 반룡관蟠龍冠 안에 붙였다.

연등도인은 또 나타와 뇌진자에게 명하여 왕을 보위해 갈대집에서 내려가도록 했다.

무왕이 바라보니 홍사진 안에 한 도인이 있는데, 어

미관을 썼고 얼굴은 얼어서 퍼렇게 된 듯한 색깔이며 턱 밑에는 붉은 수염이 나 있었다. 그는 양구검兩口劍을 들고 다가왔다.

홍사진의 주인 장천군 장소張紹가 크게 소리쳤다.

"옥허문하에서 누가 나의 진에 오는가?"

풍화륜을 탄 나타가 화첨창을 들고 달려왔고, 뇌진자가 무왕을 보호하며 나타났다. 왕은 반룡관을 쓰고 황복黃服을 입고 있었다. 장천군이 물었다.

"거기 오시는 분은 누구요?"

나타가 대답했다.

"이분은 우리 임금 무왕이시오."

무왕은 장천군의 생김새가 흉악하고 행동거지가 난폭함을 보고 놀라서 덜덜 떨었다. 그리하여 말안장 위에 제대로 앉아 있기가 어려울 지경이었다.

장천군이 박장대소하며 외쳤다.

"임금은 한여름에도 솜옷을 입어야겠소."

나타가 크게 노하여 말을 받았다.

"네 이놈! 그것도 주둥아리라고 함부로 놀리느냐?"

장천군이 매화록을 몰면서 칼로 공격하자 나타가 풍화륜을 몰면서 창으로 대적했다. 몇 합도 채 못되어 장천군은 진 안으로 되돌아갔다. 나타와 뇌진자는 무왕을 옹위하면서 홍사진 안으로 들어갔다.

장천군은 세 사람이 쫓아오는 것을 보고 급히 누대에 올라가 붉은 모래를 움켜쥐고 그들을 향해 내던졌다. 왕의 앞가슴에 모래가 뿌려지자 사람과 말이 함께 구덩이 속으로 빠져들었다. 나타는 급히 풍화륜을 공중을 향해 날도록 몰았다.

장천군이 또 세 알의 모래를 뿌리자 나타의 수레도 구덩이 속으로 빠져버렸다. 뇌진자는 사태가 불리한 것을 보고 풍뢰시風雷翅로 날아오르려 했으나 기어코 붉은 모래에 맞아 앞의 두 사람 꼴이 되었다. 결국 무왕 등 세 사람이 홍사진에 갇혀버리고 만 것이다.

연등도인은 자아와 함께 홍사진 안에서 검은 구름이 솟구쳐 오르는 것을 보면서 말했다.

"왕께서 비록 재난을 당하지만 백 일 뒤엔 풀려나실 것이오."

자아가 마음이 조급해져서 상세한 것을 물었다.

"왕께서 진에서 나오시는 것이 어찌하여 보이지 아니합니까?"

"왕과 뇌진자·나타 등 세 사람은 이미 곤란을 당하고 있소."

자아가 깜짝 놀라 발을 구르며 탄식했다.

"인덕이 높으신 대왕의 일인데 만약 차질이 생기면 어찌합니까?"

"괜찮소이다. 천명이 이곳에 있고 대왕께서는 큰 복을 지니셨으므로 스스로를 보호하여 아무 일 없을 것이니 조급해 하지 마시오. 잠시 갈대집으로 돌아갑시다. 나에게 방법이 있습니다."

자아가 성 안으로 들어가 궁중에 보고하니 태희太姬·태임太姙 두 왕후가 급히 여러 형제들을 승상부로 들어오게 했다.

자아가 말한다.

"지금은 괜찮습니다. 단지 백 일 동안의 재난만 지나면 아무 염려 없을 것입니다."

한편 장천군은 진영으로 들어와 문 태사에게 말했다.

"무왕과 뇌진자·나타가 모두 홍사진 안에 갇혀 있습니다."

태사는 입으로는 비록 축하한다고 했지만 마음은 즐겁지가 않았다. 조공명이 아깝게 죽었기 때문이다.

장천군은 진으로 가서 매일같이 무왕의 몸에 붉은 모래를 뿌렸는데, 그것은 칼날과 같았으나 다행히 앞뒤에 붙인 부적이 어체를 보호했다.

한편 신공표가 조공명의 소식을 운소낭랑 자매에게 알리러 삼선도의 동부의 문 밖에 이르렀다. 주위를 살피니 이곳 경치가 다른 곳과는 사뭇 달랐다. 안개가 자욱이 깔려 상서로움이 문 밖에 가득하고, 소나무가 울창하여 푸르름이 온통 감돌고 있었다.

이윽고 신공표는 호랑이에서 내렸다. 잠시 뒤 한 여자아이가 나와 신공표를 알아보고 낭랑에게 전했다.

"들어오시라고 해라."

신공표는 안으로 들어와 고개 숙여 인사하고 자리에 앉았다. 운소낭랑이 물었다.

"도형께서 어쩐 일로 오셨습니까?"

"특별히 도우 오라버니의 일로 왔소이다."

"우리 오라버니께서 어떤 일로 도형을 번거롭게 해드렸습니까?"

신공표가 웃으며 말했다.

"조 도형은 강상의 정두칠전서釘頭七箭書 때문에 기산에서 죽임을 당했는데 당신들은 아직 모르고 있습니까?"

경소瓊霄낭랑과 벽소碧霄낭랑은 그 소식을 듣자마자 큰 소리로 통곡했다.

"우리 오라버니가 강상의 손에 죽다니 어찌할꼬, 어찌할꼬!"

신공표가 옆에서 또 말했다.

"조 도형이 당신들에게 금교전金蛟剪을 빌려 하산한 이후 단 한 가지 공도 세우지 못하고 도리어 해를 당했습니다. 임종에 이르러 문 태사에게 '내가 죽고 나면 내 누이들이 반드시 금교전을 가지러 올 것이오. 그러면 당신이 세 누이에게 이 말을 전해 주시오. 그들이 나의 도복과 허리띠를 보면 마치 나를 보듯 할 것이오'라고 했는데, 진실로 가슴 아프고 콧등이 시큰해지는 말이었소. 천년 동안이나 애써서 수양했는데 가련하게도 한 무뢰한의 손에 죽을 줄 어찌 알았겠소? 진실로 원한이 뼈에 사무칠 따름이오."

운소낭랑이 냉정하게 말했다.

"우리 스승님께서 말씀하시길 '절교의 문중에서는 하산을 허락지 않는다. 만약 하산하는 자는 봉신방에 이름이 새겨질 것이로다' 하셨으니, 이것은 하늘이 정한 운수인 것입니다. 오라버니는 스승의 말씀을 거역했기 때문에 이 같은 재난에서 벗어나지 못한 것입니다."

경소낭랑이 말했다.

"언니, 언니는 정말 무정허우! 오라버니에게 힘을 빌려주지 않았기 때문에 이런 일이 생긴 거예요. 나는 설사 봉신방에 이름이 오르게 되더라도 반드시 오라버니의 신체를 보러갈 거예요."

경소낭랑의 말에 자극이라도 받은 듯 벽소낭랑은 노기등등하여 일어섰다. 잠시 뒤 경소낭랑은 큰기러기를 타고 벽소낭랑은 화령조花翎鳥를 타고 급히 동부에서 빠져나갔다. 운소낭랑은 마음속으로 생각했다.

'내 동생들이 이처럼 나갔으니 반드시 혼원금두混元金斗를 써서 옥허의 문인을 잡을 텐데, 이것이 도리어 잘못 될지도 몰라. 만약 일이 생긴다면 어떻게 해야 하나? 내가 친히 가서 관리하는 것이 오히려 낫겠다.'

하는 수 없이 운소낭랑도 푸른 난새를 타고 동부를 나섰다. 벽소낭랑과 경소낭랑이 제각기 다른 새를 타고 표표히 날아가는 것이 보였다.

운소낭랑이 큰소리로 불렀다.

"애들아, 천천히 가거라. 나도 간다!"

그리하여 세 자매가 함께 가고 있는데 뒤에서 누가 불렀다.

"세 언니는 천천히 가세요! 나도 갑니다!"

운소가 고개를 돌려 바라보니 함지선菡芝仙 자매였다.

"어디 가시는 길이예요?"

"언니들과 함께 서기로 가는 길이예요."

낭랑들이 크게 기뻐하며 잠시 앞으로 나아가는데 또

누가 불렀다.

"잠시 기다려요! 나도 가요!"

바라보니 채운선자彩雲仙子가 고개 숙여 인사하면서 말했다.

"네 분 언니들은 서기로 가시는 길이지요? 방금 전에 우연히 신공표 도형을 만났는데 저더러 함께 가라고 하더군요. 마침 문 도형이 계신 그곳에 가려고 했는데 여러분을 만나 같이 가게 되었으니 잘됐어요."

다섯 명의 여도사들이 서기를 향해 갔는데 둔법을 써서 일순간에 날아갔다.

다섯 선녀들이 군문에 이르자, 기문관旗門官이 중군에 들어가 보고했다. 문 태사는 기뻐하며 병영에서 달려나왔다. 다섯 낭랑을 맞아들여 군막 안으로 들어와 인사하고 자리에 앉았다. 운소낭랑이 말했다.

"우리 오라버니가 태사의 청을 못 이겨 나부동에서 내려간 뒤, 생각지도 않게 강상에게 죽임을 당했습니다. 이제 우리 자매들은 오라버니의 시체를 가져가려 합니다. 지금 어디에다 모셨는지요? 번거롭겠지만 태사께서 가리켜 주십시오."

태사는 슬프게 울면서 이야기했는데 진주 같은 눈물을 비오듯 흘렸다.

"도우들, 조공명은 불행히도 소승蕭升과 조보曹寶를 만나 정해주를 빼앗기고서 도우들의 동부로 가서 금교전을 빌려와 연등도인을 만났습니다. 싸움을 할 때 그 금교전을 사용했는데 연등은 도망하고 그가 타고 있던 사슴만 두 동강이 나버렸습니다. 다음날 한 야인에 불과한 육압도인이 조 도형과 싸웠는데 또 그 금교전을 치켜들자 육압도인은 긴 무지개로 변해 도망쳐 버렸으며 그 다음에는 싸움을 하지 않았습니다. 며칠 뒤 서기산에서 강상이 단을 쌓고 도술을 쓰면서 조 도형에게 주문을 걸었는데, 우리가 그것을 알아차렸을 때는 이미 늦었습니다. 뒤늦게 조 도형의 두 문인 진구공과 요소사로 하여금 정두칠전서를 빼앗아 오게 했는데, 이들은 또 나타와 양전이라는 자들에게 죽임을 당했습니다. 조 도형이 저에게 말하기를 '내 누이 운소의 말을 듣지 않아 오늘의 고통에 이르게 되었으니 후회스럽도다'라고 하면서, 금교전으로 도복을 싸서 세 분 도우께 드리면 옷을 보고 자기를 보듯 할 것이라고 했습니다."

태사는 이야기를 마치자 얼굴을 가리고 더욱 큰 소리로 통곡했다. 다섯 여도사들도 일제히 구슬프게 울었다.

문 태사는 몸을 일으켜 황급히 도복을 싼 금교전을 꺼내 탁자 위에 올렸다. 세 낭랑이 펼쳐보니 오라비가 쓰던 물건이 또 슬프게 하는지라 눈물을 차마 멈출 수 없었다. 경소낭랑은 이를 갈았고, 벽소낭랑은 화가 나서 얼굴이 온통 붉어졌다. 벽소낭랑이 말했다.

"우리 오라버니의 관은 어디 있습니까?"

"후군진영에 있습니다."

경소낭랑이 말했다.

"제가 가서 보고 오겠어요."

운소낭랑이 말리면서 말했다.

"오라버니는 이미 죽었는데 무엇 때문에 또 보려고 하니?"

벽소낭랑이 말했다.

"이미 예까지 왔는데 보든 안 보든 무슨 상관예요?"

두 낭랑이 곧장 가자 운소낭랑도 함께 갈 수밖에 없었다. 후군진영에 가서 세 낭랑이 관 뚜껑을 여니 조공명의 두 눈에서 피가 흘러내렸고 심장에서도 마찬가지였다. 경소낭랑은 크게 외마디 소리를 지르며 졸도할 뻔했다.

벽소낭랑이 분노하여 말했다.

"언니는 조급해 하실 필요 없어요. 우리가 그를 잡아서 그에게 꼭 세 대의 화살을 쏘아 이 원수를 갚겠어요!"

운소낭랑이 말했다.

"강상은 이 일과 상관없다. 이것은 야인 육압이 사악

한 술수를 썼기 때문이다! 첫째로는 우리 오라비의 운명이 다했기 때문이고, 둘째로는 사악한 술수가 죽인 것이다. 우리는 단지 육압을 잡아 그에게 세 대의 화살을 쏜다면 이 원한을 풀 수 있다."

그때 홍사진의 주인인 장천군이 진영에 들어와 다섯 여신선을 만났다. 태사는 자리를 마련하여 여러 명이 함께 술 몇 잔을 마셨다.

다음날 다섯 여도사는 진영을 나섰다. 문 태사는 진을 세우고 또한 등충·신환·장절·도영 네 명에게 명하여 앞뒤에서 호위하게 했다. 운소낭랑이 난새를 타고 갈대집 아래로 가서 크게 소리쳤다.

"육압에게 전하노니 빨리 나와서 나와 겨루자꾸나!"

육압도인이 듣고 몸을 일으키며 말했다.

"빈도가 한번 가보겠습니다."

손에 칼을 들고 바람을 맞아 커다란 소매를 펄럭이며 내려왔다. 운소낭랑이 살펴보니, 육압도인은 비록 야인이지만 진실로 신선의 풍모가 있었다.

운소낭랑은 두 동생에게 말했다.

"이 사람이 야인이라고는 하나 가슴 속에 무언가를 지니고 있는 듯하다. 그가 무슨 말을 하는지 보면 그의 학식이 깊은지 얕은지 알 수 있을 것이다."

육압도인은 천천히 나오며 몇 구절의 노래를 읊었다.

흰구름 깊이 깔린 곳에서 『황정경』을 읽노라면,
동굴가의 맑은 바람이 발아래서 피어오른다네.
무위無爲의 세상 청허한 경계에 있으면,
속세의 인연을 벗어나 만 가지 일이 가볍게 여겨지네.
끝없는 천지도 이름이 없음을 한탄하네.
소매를 펼치면 하늘과 땅이 넓어지고
지팡이를 쳐들면 해와 달이 밝아지네.
단지 한 알의 단약을 완성했기 때문이라네.

육압도인은 노래를 마치고 운소낭랑에게 고개 숙여 인사했다. 경소낭랑이 말했다.
"당신이 야인 육압이오?"
"그러하오."
"당신은 무슨 연고로 우리 오라버니 조공명을 쏘아 죽였소?"
"도를 닦은 선비는 모두 이치를 따라 깨달았을 터이니 어찌하여 거꾸로 역행할 수 있겠소? 까닭에 올바른 사람은 신선이 되고 그릇된 자는 타락하게 되는 것이오. 나는 천황天皇을 좇아 도를 깨달았고 또 여러 차례 순리에 거스르는 일을 보아왔소. 역대 이래로 선함을 좇아 근원으로 돌아가는 사람은 바른 결과를 얻었소. 하지만 조공명은 순리를 따르지 않고 역행하는 일만을 행하고, 기강을 흩트리는 임금만을 돕고 무고한 백성을 살육하여 하늘과 백성을 노하게 했소. 또한 자신의 도술에만 의지했지, 남의 능력에 대해서는 알지 못한 것이오. 이것은 하늘을 거역한 것이니, 예로부터 하늘을 거역한 자는 망한다고 했소. 그런데도 어찌하여 나를 원망하오? 내가 도우들을 보건대, 이 땅에 온 지 얼마 되지 않은 듯하오. 이곳은 전쟁터이니 어찌 여기에 몸을 머물러 둘 수 있겠소? 만약 오래 머물면 수명을 단축할까 그것이 걱정이오. 외람되게도 말씀드렸소이다."

운소낭랑은 신음을 토하며 오래도록 아무 말도 하지 않았다. 경소낭랑이 크게 소리쳤다.

"이 나쁜 놈! 어찌 감히 이렇게 그릇된 말로 여러 사람을 현혹시키느냐? 우리 오라버니를 쏘아 죽이고서도 잘도 지껄이는구나!"

경소낭랑이 노기충천하여 칼을 들고 달려들자 육압도인도 대적하지 않을 수 없었다. 몇 차례 싸우지 않아 벽소낭랑이 혼원금두를 공중에 치켜들었다. 육압도인이 어찌 이 혼원금두의 재난을 피할 수 있겠는가!

육압도인이 혼원금두를 보고 황급히 도망치려 했으

나 어찌 이 보물의 강력함을 당해내겠는가? 한 차례 소리가 울리더니 육압도인은 그만 태사진영 쪽으로 내동댕이쳐졌다.

육압도인은 정신이 아득해졌다. 벽소낭랑이 몸소 결박하여 육압도인의 머리에 부적을 붙인 다음 깃대 위에 매달고 문 태사에게 말했다.

"저 자가 우리 오라비를 쏘았으니 이번에는 내가 저 자에게 활을 쏘겠소!"

그런 다음 뛰어난 궁수들 5백 명을 뽑아 활을 쏘게 했다.

화살이 비 오듯 날아가 육압도인의 몸에 맞았다. 그러나 잠시 뒤 그 화살들은 화살대부터 화살촉까지 모두 재로 변해 버리고 말았다. 모든 궁수들이 크게 놀랐다. 문 태사도 보고 놀라지 않을 수 없었다.

"저 요사스러운 도사놈이 무슨 기이한 술법으로 우리를 현혹시키는 거지?"

급히 금교전을 치켜들었다. 육압도인이 쳐다보고는 긴 무지개로 변해 도망쳐 갈대집에 이르렀다. 여러 도우들을 만나니 연등도인이 물었다.

"혼원금두로 도우를 잡아갔는데 어떻게 도망나올 수 있었소?"

육압도인이 자초지종을 얘기했다.

다 듣고 나서 연등도인이 말했다.

"공의 도술은 신기하고 정말 뛰어나구려!"

"빈도는 오늘 잠시 떠나려 하는데, 다시 만날 날을 기약하지 못하겠습니다."

육압도인은 이렇게 말한 다음 홀연히 떠났다.

다음날 운소낭랑 등 다섯 여도사가 일제히 나와 자아를 만났다. 자아는 사불상을 탔는데 여러 제자들이 좌우로 나뉘어 서 있었다. 자아가 눈여겨보니 운소낭랑이 푸른 난새를 타고 위에서 다가오고 있었다.

자아는 앞으로 나와 고개 숙여 인사하고 말했다.

"다섯 노우들은 안녕하십니까?"

운소낭랑이 말했다.

"자아, 우리는 삼선도에 살면서 청허淸虛하고 한적하게 사는 신선들로, 인간세상의 시비에는 관여치 않았소. 그러나 당신은 우리 오라버니 조공명을 정두칠전서로 죽여버렸소. 오라버니에게 무슨 죄가 있기에 이처럼 잔혹하게 했소? 실로 가증스럽소이다. 당신은 비록 육압이 시킨 것이긴 하지만 남의 오라버니를 죽였으니 우리가 당신에게 죄를 묻지 않을 수 없소."

"도우들의 말은 틀렸소이다! 이는 우리가 일을 잘못되게 한 것이 아니라 당신의 오라버니가 일을 자초한 것이오. 그것은 하늘이 정한 운명이니 피할 수 없었던 것이오. 그대의 오라버니는 스승의 명을 받들지 않고 서기로 왔으니 스스로 죽음을 자초한 셈이오."

경소낭랑이 대노했다.

"이미 우리 오라버니를 죽여놓고 하늘이 정한 운명이라는 말을 빌려 변명하다니! 당신은 나의 오라버니를 죽인 원수인데 어찌하여 교묘한 말로 감추려 하는가? 도망가지 말고 내 칼 맛을 봐라!"

홍곡鴻鵠의 두 날개를 조종하여 보검을 치켜들고 돌진해 왔다. 자아는 수중에 있는 칼을 들어 막았다. 보고 있던 황천화가 옥기린을 몰면서 두 자루의 은철퇴를 들고 돌격했고 양전도 창을 휘두르며 말을 달려왔다.

저쪽에서는 벽소낭랑이 노기충천하여 "나를 화나게 하는구나!" 하면서 화령조花翎鳥를 타고 날아올랐고, 운소낭랑도 푸른 난새를 타고 날아가 싸움을 도왔다.

채운선자가 호리병 속에서 육목주戮目珠 묵주를 꺼내 손에 쥐고 황천화를 향해 던졌다.

三姑計擺黃河陣

세 낭랑이 계책을 세워
황하진을 설치하다

횡천화는 채운선자가 던진 육목주를 미처 막을 틈이 없었다. 그는 육목주를 두 눈에 맞고 옥기린에서 떨어지고 말았다. 급히 달려온 금타가 겨우 구출해냈다. 자아는 타신편을 명중시켜 운소낭랑을 푸른 난새에서 떨어뜨렸다. 벽소낭랑이 급히 구출하려 할 때 양전이 효천견 哮天犬을 풀어 벽소낭랑의 어깨를 물게 했다.

벽소낭랑의 살점 하나와 옷 한 군데가 찢겨져 나갔다. 그러자 함지선이 세가 불리한 것을 보고 바람주머니를 열었다. 실로 엄청난 바람이 몰아쳐 왔다.

자아가 급히 눈을 뜨고 쳐다볼 때 또 채운선자의 육목주가 자아의 눈을 쳤다. 하마터면 자아도 말에서 떨어질 뻔했다. 이를 본 경소낭랑이 칼을 빼들고 달려들었으나, 다행히 양전이 보호하여 무사할 수 있었다.

자아가 갈대집으로 돌아왔을 때는 눈이 감겨 떠지지 않았다. 연등도인이 갈대집에서 내려와 보고는 말했다.

"채운이 육목주를 썼군요."

본디 육목주는 사람의 눈을 다치게 하는 것이었다. 연등도인이 서둘러 단약을 꺼내 치료하자 자아와 황천화의 눈은 다행히 낫게 되었다.

한편 운소낭랑은 타신편에 맞아 다쳤고, 벽소낭랑은 효천견에게 물려 상처가 났다. 운소낭랑이 말했다.

"나는 저쪽을 다치게 하지 않으려고 애를 썼는데 저쪽에서 오히려 우리를 다치게 했다. 동생들아, 더 이상 옥허문인에 대해서 말하지 마라. 그 사람이 설사 우리 스승의 사형이라 해도 상관하지 않겠다!"

운소낭랑은 단약을 복용하고 나서 태사에게 말했다.

"태사진영에서 덩치가 큰 장정 6백 명만 뽑아주십시오. 긴히 할 일이 있습니다."

문 태사가 길립에게 명하자 즉시 6백 명의 장정을 뽑

아 데리고 왔다. 운소 등 세 낭랑과 두 여도사들은 장정들을 후군진영으로 데리고 가서 도식圖式을 그려보이며 어디에서 일어서고 어디에서 멈추는지 설명했다.

그 진의 내부에는 예부터 전해 오는 비밀과 삶과 죽음의 관건이 숨겨져 있었다. 바깥은 9궁宮8괘卦에 따랐고, 문으로 출입하는데 고리처럼 연결되어 나아가고 물러남이 질서정연했다. 병사의 수가 비록 6백 명에 불과했으나 그 현묘함으로 본다면 어찌 백만 군사의 힘뿐이겠는가? 단언컨대 신선이라도 함부로 들고 나기가 어려운 위용이 있었다.

많은 군사들이 보름 동안이나 연습하고서야 겨우 이 진에 익숙해졌다. 어느 날 운소낭랑이 태사를 만나 이야기했다.

"오늘 우리의 진이 완성되었으니 도형께서는 우리가 옥허문하의 사람들과 대결하는 것을 보아주십시오."

"이 진에는 어떠한 오묘함이 있습니까?"

"이 진의 내부는 천·지·인 3재才를 따랐으므로 천지의 오묘함을 저장하고 있습니다. 안에 들어가면 선단仙丹도 효과가 없어지고 신선의 비법도 사용할 수 없게 됩니다. 신선이 이곳에 들어가면 범인이 되고 범인이 이곳에 들어가면 죽임을 당합니다. 곧은 곳이 없이 모두 아홉 개의 굽이가 있고 굽이마다 기이한 조화가 극에 달하니 신선의 비법을 모두 들추어냅니다. 3교의 성인이라도 이 진을 벗어날 수 없습니다."

문 태사는 매우 기뻐하면서 군사들을 향해 명했다.

"여봐라! 병사를 일으켜 출병하라!"

태사는 스스로 흑기린에 올랐다. 네 장수는 좌우로 나뉘어 정렬했으며, 다섯 명의 여도사들이 선두에 섰다. 갈대집 앞에 이르자 여도사들이 크게 소리쳤다.

"좌우 수문관들은 가서 자아에게 전하라. 친히 진영에서 나와 답하라고."

수문관들이 갈대집으로 가서 보고하자, 자아가 명을 내려 출전채비를 갖추었다.

운소낭랑이 말했다.

"자아, 우리 두 교의 문하는 모두 오행술을 행할 수 있소. 산을 옮기고 바다를 뒤엎는 술법도 당신과 나에게 새로운 것은 아니요. 지금 내가 한 진을 설치했는데 와서 상대해 보기 바라오. 당신이 만약 이 진을 격파한다면 우리들은 모두 서기에서 물러나 감히 다시는 당신과 대적하지 못할 것이오. 당신이 만약 이 진을 격파하지 못한다면 나는 마땅히 우리 오라버니의 원수를 갚아야겠소."

양전이 말했다.

"도형, 우리들이 강 사숙을 보호하여 진에 들어갈 테니, 당신은 부디 정법으로 맞서기 바라오. 기회를 틈타 속임수를 쓰는 것은 도인이 취할 바가 아닐 것이오."

"당신은 누구시오?"

"나는 옥천산 금하동 옥정진인의 문하 양전이오."

벽소낭랑이 말했다.

"나는 당신에게 72가지의 원공元功이 있어서 변화를 예측할 수 없다고 들었소. 내가 보기에 당신은 오늘도 그런 변화를 사용하여 이 진을 격파하려는 듯하오. 그러나 감히 맹세하건대 나는 결코 당신처럼 몰래 효천견을 풀어놓아 사람을 다치게 하는 일 따위는 하지 않소. 빨리 와서 진을 살펴보고 다시 승부를 가립시다."

양전 능은 모두 화를 참으면서 자아를 호위해서 다가가 살펴보았다. 진 앞에 이르자 문 앞에 작은 팻말이 달려 있고 그 위에는 '구곡황하진九曲黃河陣'이라 쓰여 있었다. 겉에서 보기와는 달리 사졸들도 많지 않아서 단지 5·6백 명 정도가 눈에 띌 뿐이었다.

자아는 이 진을 다 둘러본 뒤 운소낭랑에게로 되돌아왔다. 운소낭랑이 말했다.

"자아, 당신은 이 진에 대해 알겠소?"

"도우, 명백하게 진 위에 다 쓰여 있던데 알고 모르고를 논할 필요가 있겠소?"

벽소낭랑이 양전에게 크게 소리질렀다.

"오늘 또다시 효천견을 풀어놔 보시지!"

양전은 조롱당했음을 깨닫고 화가 치밀었다. 창을 휘두르며 말을 짓쳐 달려나갔다. 경소낭랑이 홍곡鴻鵠을 타고 나와 칼을 들고 맞섰다. 몇 차례 싸우지 아니하여 운소낭랑이 혼원금두를 치켜들었다.

양전이 이 혼원금두의 위력을 알 리 없었다. 한 줄기 금빛이 번쩍하더니 양전을 훌쩍 빨아올려 황하진 내부에 내동댕이쳐 버렸다.

금타는 양전이 잡혀가는 것을 보고 크게 소리쳤다.

"무슨 사악한 도술을 써서 우리 도형을 잡아가느냐!"

칼을 빼들고 공격하자 경소낭랑이 보검으로 맞받아쳤다. 금타가 공중으로 곤룡장龍椿을 들어올리자 운소낭랑이 비웃었다.

"고작 이까짓 물건이냐!"

운소낭랑이 혼원금두를 받쳐들고 가운데 손가락으로 한 번 튕기자 곤룡장이 혼원금두 속으로 떨어져버렸다. 운소는 두번째로 혼원금두를 처들어 쉽게 금타를 사로잡았다. 금타 역시 황하진 속에 내던져졌다.

목타는 큰형이 잡혀가는 것을 보고 소리쳤다.

"저 요망한 계집이 무슨 요술로 감히 우리 형님을 잡아가는 게냐!"

화가 머리끝까지 치밀어 오른 목타는 마치 이리와 호랑이를 합쳐놓은 것처럼 흉악하게 날뛰며 경소낭랑을 향해 칼을 휘둘러댔다. 경소낭랑이 급히 막으며 15합쯤 싸웠는데 목타가 어깨 위로 오구검吳鉤劍을 쳐들었다. 경소낭랑이 보고 비웃었다.

"오구검이 보물이 아니라고 할 수는 없지만 그것으로 나를 이길 수 있겠는가!"

경소낭랑이 손을 한번 흔들자 오구검이 혼원금두 속으로 떨어져 버렸다. 운소낭랑이 다시 혼원금두를 사용했는데 목타는 미처 몸을 피하지 못했다. 한 줄기 금빛이 빛나자 목타는 이내 사로잡혀서 또다시 황하진 안에 던져졌다. 운소낭랑은 푸른 난새를 몰아 자아에게 곧장 달려들었다.

자아는 세 문인이 잡혀간 것을 보고 매우 놀라며 운소낭랑의 검을 막았다. 몇 차례 싸우는데 운소낭랑이 혼원금두를 쳐들어 자아를 잡으려 했다. 자아가 급히 행황기를 흔들었더니 깃발에서 금꽃이 나와 공중에서 겨우 혼원금두를 막아냈다. 자아는 패하여 갈대집으로 돌아와 연등 등 도인들을 만나 논의했다.

연등도인이 말했다.

"그 보물은 혼원금두입니다. 이번에 여러 도우들께서 액운을 만나신 것입니다. 근본을 깊이 닦은 사람은 이 진에 들어가더라도 무방합니다만 그렇지 않은 사람은 위험합니다."

한편 낭랑들은 의기양양하게 진영으로 돌아왔다. 문태사는 한번의 출진에서 세 사람이나 잡아 진 안에 가둔 상황을 보고 매우 흡족해 했다. 태사가 운소낭랑에게 물었다.

"이 진에 잡아들인 옥허의 문인들을 어떻게 처리하시겠습니까?"

"우리가 연등도인과 대면할 때까지 기다리십시오. 방법이 있습니다."

문 태사는 진영 안에 주연을 베풀었다. 장천군이 이미 홍사진에 세 사람을 가두어 두었고, 운소낭랑이 또 이와 같이 기이한 진으로 성공하는 것을 본 문 태사의 기쁨은 이루 말할 수 없는 것이었다.

다음날 다섯 명의 여도사들은 일제히 갈대집 앞으로 나가 연등도인을 불렀다. 연등과 여러 도인들이 줄을 지어 나왔다.

연등도인은 운소낭랑을 만나자 타고 있던 사슴 위에서 고개 숙여 예를 표하면서 말했다.

"도우께서는 안녕하시었소?"

"연등도인, 오늘은 우리 한번 끝까지 싸워 시비를 가려봅시다. 당신네 문하사람들이 우리 도를 모멸함이 극심하여 내가 이러한 진을 설치한 것이오. 달이 이미 기울면 다시 둥글어지기 힘든 것과 같소. 당신 문하에서 어느 고명하신 분이 와서 나의 이 진을 격파하시겠소?"

연등도인이 웃으며 말했다.

"도우의 그 말은 잘못된 것이오. 봉신방에 서명할 때 당신도 벽유궁에 있었는데 어찌 순환의 이치를 모르시오? 지금까지 계속 변화를 이루어 다시 처음으로 흘러가는 것이오. 조공명은 바로 이와 같은 이치에 따른 것으로 본래 신선이 될 인연이 없었던 것이니 그리 애석하게 여기지 마시오."

경소낭랑이 말했다.

"언니, 이미 이같이 진을 설치해 놓은 마당에 또 무슨 도덕얘기요? 연등과는 얘기할 필요가 없어요. 나는 저 자가 무슨 술법으로 상대하는지 보겠어요!"

경소낭랑이 홍곡을 타고 나아가니, 연등도인의 주변에 있던 여러 문하사람들이 모두 화를 냈다. 그 중 한 도인이 날듯이 뛰쳐나왔다.

그는 바로 적정자赤精子였다.

"경소 도우는 어찌 제 힘만을 자랑하느냐! 낭랑이 오늘 이곳에 왔으니 봉신방 위에 이름이 오르게 됨은 사필귀정이로다."

경소낭랑이 듣더니 화가 나서 얼굴이 복사꽃처럼 빨개졌다. 두 사람이 칼을 들고 맞섰다. 사람과 새가 한데 날아올라 몇 차례 싸울 때 운소낭랑의 혼원금두가 휘날렸다. 한 줄기 금빛이 번쩍이며 번개처럼 눈을 맞춰 적정자를 떨어뜨렸다. 그도 곧 황하진 안으로 내던져지고 말았다.

적정자는 황하진 안에 고꾸라지자마자 술 취한 것처럼 비틀거리더니 이내 정수리의 숨골이 막혀버렸다. 가련하도다 적정자여! 천 년이나 공업을 닦으며 온갖 고초를 겪었는데, 혼원금두를 만나 하루아침에 무너져 내릴 줄이야!

광성자는 분노가 치밀어 크게 소리 질렀다.

"운소낭랑, 우리를 하찮게 보지 마시오. 천도闡道를 욕되게 하는 신선은 곧 벽유궁의 좌도를 믿는 자로다!"

운소낭랑은 광성자가 달려오는 것을 보고 황급히 푸른 난새를 몰아 앞으로 나서며 말했다.

"광성자, 당신이 옥허궁에서 금종을 가장 잘 치는 도력지사라고 말하지 마시오. 당신이 만약 내 보물을 만난다면 재난에서 벗어나기 힘들 것이오."

광성자가 웃으며 말했다.

"나는 이미 살생계를 범했는데 어찌 액을 벗어날 수 있다고 말하겠는가? 지금 다시 살생계를 범할 때에 이르렀으니 그대가 어찌 후회하지 않으리오!"

칼을 빼들고 달려가자 운소낭랑도 칼을 들고 맞섰다. 벽소낭랑이 또 혼원금두를 쳐들었다. 혼원금두가 번쩍하는 것만 보였을 뿐 분명한 것을 알 수 없었는데, 광성자는 곧 황하진 안으로 끌려갔다.

이 혼원금두는 옥허문하의 여러 사람들을 만나 머리 위의 삼화를 꺾어버리니, 이와 같이 되면 천문天門 곧 콧구멍과 양미간이 막혀 그 동안 도를 닦아 얻은 것들을 모두 잃어버리게 되는 것이다.

삼화三花는 일정한 수도를 이루면 머리 위에 생기는 도력의 상징이다.

운소낭랑은 다시 혼원금두를 문수광법천존에게 던져 그를 잡아갔고, 이어서 보현진인·자항도인慈航道人·도덕진군과 청미교주淸微教主인 태을진인, 영보대법사·구류손懼留孫·황룡진인 등 열두 명의 제자를 모두 진 안으로 잡아들였다. 이제는 다만 연등도인과 자아만을 남겨두고 있었다.

운소낭랑은 혼원금두의 공에 의지하여 무궁한 묘법을 부리면서 소리쳤다.

"달이 기울어 이제는 다시 차오르기 어렵듯이 일은 이미 돌이킬 수 없게 되었소. 연등도인, 이번에는 당신도 피할 수 없을 것이오!"

또다시 혼원금두를 들어 올려 연등도인을 잡으려 했다. 도인은 사태가 불리한 것을 보고 토둔법을 써서 맑은 바람으로 변하여 도망갔다. 세 낭랑은 연등이 달아나는 것을 보고 더 이상 쫓지 않았다.

태사는 다섯 여도사가 황하진 안에 많은 옥허문하의 사람들을 잡아들여 가두어놓은 것을 보고 연회를 베풀어 공을 치하했다. 운소낭랑은 비록 한바탕 술자리를 즐기고 헤어졌지만 침소에 돌아와 곰곰 생각해 보았다.

'일이 이미 성사되었으나 진 속에 가둔 옥허의 많은 문인들을 어떻게 한다지? 잡아들이기는 쉬워도 쉽게 처리할 수 있는 일은 아니로다. 그야말로 진퇴양난은 이를 두고 한 말인가?'

한편 연등도인은 갈대집에 돌아와 있다가 자아가 올

라오는 것을 보고 서로 만나 위로했다. 잠시 뒤 자아가 말했다.

"생각지도 않은 적을 만나 여러 도형들이 모두 황하진 안에서 곤란을 당하고 계신데 길흉이 어찌될지 모르겠습니다."

"결국 괜찮을 것이긴 하지만 그 동안 노력한 것이 허사가 되어 애석합니다. 지금 빈도는 옥허궁에 다녀와야겠습니다. 자아, 당신은 이곳을 잘 돌보아 여러 도우들이 몸을 다치지 않게 보살펴주시오."

연등도인은 토둔법을 써서 삽시간에 곤륜산 기린에 麒麟崖에 이르렀다. 토둔법으로 생긴 흔적을 남긴 채 궁문 앞에 이르러 보니 백학동자가 구룡침향련九龍沈香輦을 지키고 있었다.

연등도인이 앞으로 나가 백학동자에게 물었다.

"교주님께서 어디 가셨느냐?"

"스승님, 교주께서는 서기로 가실 것입니다. 속히 돌아가셔서 향을 피워 주위를 정갈하게 한 뒤 영접하소서."

연등도인은 다 듣고 나서 급히 갈대집으로 돌아왔다. 살펴보니 자아가 홀로 앉아 있었다. 연등이 말했다.

"자아 공! 빨리 향을 피우고 비단을 묶어 매달아 갈대집을 치장하시오. 교주께서 왕림하십니다!"

자아가 황급히 일어나 연등도인의 말을 따랐다. 잠시 뒤 향연기가 아련히 피어올라 사방을 덮었다. 연등과 자아는 공중에서 울려나오는 낭랑한 선악仙樂소리를 들었다. 연등이 향을 잡고 땅에 엎드리며 말했다.

"제가 교주께서 왕림하심을 알지 못하여 멀리까지 영접나가지 못했습니다. 부디 죄를 용서하소서."

원시천존이 침향련沈香輦에서 내려서자, 남극선옹이 부채를 쥔 채 뒤를 따랐다. 연등도인과 자아는 원시천존을 이끌어 갈대집에 오르게 한 뒤 절을 했다. 원시천존이 말했다.

"너희들은 몸을 일으키라."

자아가 다시 엎드리며 아뢰었다.

"삼선도三仙島 사람들이 황하진을 설치하여 여러 제자들이 모두 위험에 처해 있습니다. 사존께서 자비를 베푸시어 구해 주십시오."

"운명이 이미 정해져 있다면 스스로 벗어날 수 없는데 무엇 때문에 네가 그것을 말하는고?"

원시천존이 묵묵히 정좌靜坐하자 연등과 자아가 좌우에서 모셨다. 한밤이 되자 원시천존의 머리 위에 상서로운 구름이 나타났는데, 그 넓이가 밭 한 이랑 만큼이나 컸다. 그 위에 오색 빛이 나며 1만 개의 금등잔이 점점

이 떨어져 마치 처마 밑으로 떨어지는 낙숫물처럼 그치지 아니했다.

이 무렵, 운소낭랑이 진에 앉아 있는데 갑자기 상서로운 구름이 나타나는 것을 보고 두 동생에게 말했다.
"사백師伯께서 오셨다! 동생, 내가 당초에 산에서 내려오지 않으려 했는데 너희 두 사람이 고집을 부리며 따르지 않았다. 그래서 나도 한순간 현명치 못하게 행동했고, 우연히 이 진을 설치하여 옥허의 문인들을 모두 그 안에 빠뜨렸는데, 그들을 놓아줄 수도 없고 해칠 수도 없는 형편이 되었구나. 이번에 또 사백께서 오셨으니 무슨 면목으로 뵙는다. 어찌했으면 좋겠는가?"
경소낭랑이 말했다.
"언니의 그 말은 옳지 못해요. 그분은 우리 사부도 아닌데 마냥 높은 듯이 보다니! 우리는 저들의 문하도 아니니 우리 뜻대로 한다 해서 탓할 일은 아니지요."
벽소낭랑이 말했다.
"경소낭랑은 경솔하구나! 우리가 그분을 만나면 마음속에서 깊이 존경해야 한다. 그분은 예의로써 상대를 마주하신단다. 사람을 대할 때 목소리나 얼굴빛의 흔들림이 없이 말이야. 그분이 만약 자기만을 높이려 한다면 우리가 어찌 한 교의 교주로 인정하겠니? 이미 적이 되었지만 그분 앞에서 예의에 모자람이 있어서도 안되겠지. 그러나 무조건 두려워할 필요도 없어. 지금 진이 이미 만들어졌는지라 우리로서도 어쩔 수 없는 일이지."

다음날 새벽 원시천존은 남극선옹에게 명했다.

"침향련을 준비하라. 내가 이미 이처럼 왔으니 황하진에 한번 들어가 보리라."

연등도인이 인도하고 자아는 그 뒤를 따라 진 앞에 이르렀다. 백학동자가 크게 소리쳤다.

"삼선도의 운소낭랑은 빨리 나와 영접하시오!"

운소낭랑 등 세 사람이 진에서 나와 길옆에서 몸을 숙이며 인사했다.

"사백, 제자들의 무례를 용서해 주십시오!"

"세 사람이 황하진을 설치했으니 우리 문하사람이 이와 같이 되는 것이 당연하도다. 그러나 한 가지, 그대의 스승은 늘 경거망동하지 않는데 그대들은 어찌하여 청정한 규범을 지키지 아니하고 천명을 어기고 율법에 위반되는 행동을 하는가? 어쨌든 그대들은 진에 들어라. 내 스스로 들어가 보리라."

세 낭랑은 먼저 진에 들어 팔괘대에 올라가 원시천존이 어떻게 들어오는지 지켜보고 있었다.

원시천존은 수레를 잡고서 곧장 진 안으로 들어갔다. 침향련의 네 발은 땅에서부터 2척 정도의 높이로 떠 있었는데, 상서로운 구름이 떠받치고 기이한 광채를 발하고 있었다. 원시천존의 혜안에서 빛이 뿜어져 나왔다.

원시천존이 보니, 열두 명의 제자는 가로로 누워 모두 눈을 감고 잠이 들어 있었다. 원시천존이 탄식했다.

"삼시신三尸神을 없애지 못하고 6기氣를 억누르지 못하여 천 년의 공부가 헛된 것이 되었구나!"

원시천존은 자비로운 도심道心을 품고서 두루 살피더니 진으로부터 나오려 했다. 그러나 이 때 팔괘대 위에 있던 채운선자가 원시천존을 향해 육목주를 한 차례 집어던졌다.

그러나 그 구슬은 원시천존의 근처에 이르기도 전에 이미 재로 변해 바람에 날아가 버렸다. 운소낭랑은 이를 보고 사색이 되었다.

원시천존은 아무 말 없이 진에서 나와 갈대집으로 돌아갔다. 원시천존이 자리에 앉자 연등도인이 물었다.

"사존께서 진 내부에 들어가 보시니 여러 도우들의 모습은 어떠했습니까?"

"삼화三花가 이미 사그라지고 천문이 닫혀 이미 속된 사람의 몸으로 변했으니 곧 범부가 되었느니라."

"방금 사존께서 그 진에 들어가셨는데 어찌하여 진을 격파하고 여러 도우들을 구출하여 큰 자비를 베풀지 않습니까?"

원시천존이 조용히 웃으며 말했다.

"이 교를 비록 내가 맡고 있기는 하나, 사장師長이 계시니 반드시 도형께 여쭙고 나서야 비로소 실행할 수 있을 것이니라."

말을 채 끝맺기도 전에 공중에서 "음메" 소 울음소리가 들려왔다. 원시천존이 말했다.

"팔경궁八景宮의 도형께서 오신다."

원시천존이 황급히 갈대집 아래로 내려가 영접했다.

노자老子가 소를 타고 공중에서 내려오니 원시천존이 큰소리로 웃으며 말했다.

"주나라 8백 년의 왕업을 위하여 도형께서 수고로이 왕림하셨군요!"

노자가 말했다.

"보시다시피 오지 않을 수 없잖소."

연등도인이 향을 켜고 길을 인도하여 갈대집에 오르게 하자 현도대법사玄都大法師가 그 뒤를 따랐다. 연등도인이 참배하고 자아가 머리를 숙여 절한 다음 두 천존이 함께 자리에 앉았다.

노자가 말했다.

"세 낭랑이 황하진을 설치하여 우리 교단의 문하들을 곤란에 빠뜨렸다 하는데 그대가 가서 보았소이까?"

원시천존이 말했다.

"빈도가 먼저 진에 들어가 살펴보았더니 하늘의 징조가 드리워진 까닭에 도형을 기다리고 있었습니다."

"그대는 진을 격파해 버릴 것이지, 무슨 까닭으로 나를 기다리고 있었소?"

두 천존은 묵묵히 앉아 아무 말이 없었다.

한편 세 낭랑은 진에 앉아 있었는데, 홀연 공중에서 영롱한 탑이 나타나고 오색 광채가 으은히 빛을 내는 광경이 보였다. 운소낭랑이 깜짝 놀라 두 동생에게 말했다.

"현도대법사께서도 오셨으니 이제 어쩌면 좋겠느냐?"

벽소낭랑이 말했다.

"언니, 각기 전수받은 교가 다른데 어찌하여 그 사람과 상관이 있겠어요? 오늘 그가 다시 온다면 나는 어제와 같이 그를 대하지 않겠어요. 그를 왜 두려워해요?"

운소낭랑이 고개를 저었다.

"이 일은 매우 불리한 상황이다."

경소낭랑이 말했다.

"그가 진 안에 들어오면 금교전金蛟剪을 사용하고 또 혼원금두를 사용하면 돼요. 무얼 두려워해요?"

다음날 노자가 원시천존에게 말했다.

"오늘 황하진을 격파하고 일찌감치 돌아가도록 합시다. 속세에서 오래 머무르고 싶지 않소."

"도형의 말씀이 옳습니다."

원시천존이 남극선옹에게 침향련을 대령하라 명했다. 노자는 판각청우板角靑牛에 올라탔다. 연등도인이 인도해 나가니, 온 천지에 어슴푸레한 기운이 감돌고 기이한 향기가 길에 가득한 중에 난데없이 붉은 노을이 퍼졌다.

황하진 앞에 이르러 현도대법사가 큰소리로 외쳤다.

"세 낭랑은 급히 나와 영접하라!"

안쪽에서 한 차례 종소리가 울리더니 세 낭랑이 진에서 나왔으나 허리를 굽혀 절을 하지는 않았다.

노자가 말했다.

"너희들은 청정한 규율을 지키지 아니하고 감히 오만한 행동을 하는구나! 너희 스승도 나를 만나면 몸을 숙여 인사하거늘 어찌하여 감히 무례하게 구는고?"

벽소낭랑이 말했다.

"저는 절교截教의 교주께는 인사를 드리지만 현도법사는 알지 못합니다. 윗분이 존중해 주지 않으면 아랫사람도 공경치 않는 것이 예의의 이치일 따름이지요."

현도대법사가 크게 꾸짖었다.

"이런 짐승만도 못한 간 큰 놈들을 보았나! 감히 천안天顔을 범하는 말을 하다니! 빨리 진 안으로 들어가렷다!"

세 낭랑은 몸을 돌려 진 안으로 들어갔다. 노자는 소를 몰며 뒤따르듯이 진 안으로 들어갔고 원시천존의 침향련도 뒤따랐다. 백학동자도 뒤에 서 있다가 뒤따라 황하진으로 들어섰다.

子牙劫營破聞仲

자아가 군영을 습격하여 문중을 격파하다

노자가 황하진에 들어가니, 여러 도인이 마치 술에 취한 듯 아직 깨어나지 못한 채 깊이 잠들어 숨소리만이 들렸다. 고개를 돌려 또 둘러보니, 팔괘대 위에는 몸이 성한 사람들 네댓 명이 있었다.

노자가 말했다.

"애석하도다! 천 년의 공덕이 하루아침에 모두 그림의 떡이 되었도다!"

경소낭랑은 노자가 진 안으로 들어오는 것을 바라보고 있다가 문득 금교전金蛟剪을 치켜들었다.

금교전은 가위처럼 공중을 가르면서 머리와 머리, 꼬리와 꼬리가 각기 뒤얽힌 채 떨어져 내렸다. 노자는 소 잔등에 앉아 금교전이 내려오는 것을 보고 소매로 막았다. 그러자 금교전은 마치 겨자씨가 큰 바다에 떨어지듯 온데간데없이 사라져 버렸다.

벽소낭랑이 또 혼원금두混元金斗를 쳐들자, 노자는 부들방석을 공중으로 던지고 황건역사를 불러 명했다.

"이 혼원금두를 옥허궁으로 가져가거라!"

그러자 세 낭랑이 외쳤다.

"멈춰라! 어째서 우리 보물을 가져가려 하느냐? 우리가 어찌 가만히 있으리!"

일제히 단에서 내려와 칼을 들고 곧장 달려들었다. 노자는 건곤도乾坤圖를 흔들어 펼치더니 황건역사에게 명했다.

"이것으로 운소를 싸서 기린애 속에 가두어라!"

황건역사는 운소낭랑을 가볍게 건곤도로 감싸버렸다. 그런 뒤 곧 기린애로 날아갔다.

한편 경소낭랑이 칼을 빼들고 달려들자, 원시천존이 백학동자에게 명하여 삼보여의주를 공중에서 휘두르게 했다. 경소낭랑의 머리에 명중하자 그만 머리가 깨어져 버렸다.

벽소낭랑이 크게 울부짖었다.

"천 년 동안 쌓은 도가 하루아침에 무너지다니, 참으로 억울하구나!"

비검飛劍을 빼어들고 원시천존을 공격하려 했으나, 백학동자의 삼보여의주가 앞서 비검을 땅에 떨어뜨렸다. 원시천존이 소매 속에서 한 개의 통을 꺼내 뚜껑을 열고 공중에 쳐들자, 벽소낭랑은 물론 타고 있던 새까지도 통 속으로 빨려 들어갔다.

얼마 후 시뻘건 핏물로 변한 벽소낭랑은 영혼이 되어 봉신대로 가게 되었다.

이제 팔괘대에는 함지선과 채운선자만 남았다. 원시천존이 이미 황하진을 격파했으나, 여러 제자들은 모두 땅에 누워 잠자코 있었다.

노자가 가운데손가락으로 한번 가리키자, 땅속에서 천둥 같은 소리가 한 차례 들리더니 여러 제자들이 갑자기 놀라 깨어났는데, 양전·금타·목타도 일제히 깨어 일어났다.

노자가 소를 타고 갈대집을 향해 돌아간 뒤, 여러 문인들이 원시천존에게 절했다.

원시천존이 말했다.

"오늘 여러 제자들은 머리 위의 삼화三花를 상실했고 가슴속의 5기氣도 잃었으니, 이런 재앙을 피할 수 없었던 것이다. 지금 강상께서 서른여섯 차례나 놀라운 일을 당했으니 너희들이 가서 보좌해 드려라. 다시 너희들에게 종지금광법縱地金光法을 내려줄 것이니 이것은 하루에 수천 리를 갈 수 있는 비법이다."

또 물었다.

"너희는 무슨 보물로 공격당했느냐?"

"모두 혼원금두 안에 갇혔습니다."

다시 원시천존이 명했다.

"잘 알았다. 이제 남극선옹은 남아 홍사진紅沙陣을 격파하라. 나는 도형과 함께 잠시 옥허궁에 돌아가 있겠다. 백학동자야, 너는 너의 사부와 함께 돌아오너라."

여러 문인들이 늘어서서 배웅했다.

한편 함지선은 황하진이 격파당하는 것을 보고 본영으로 물러나 문 태사를 만났다. 태사는 옥허의 문인들까지 이미 다 구출되어 돌아갔음을 알고 몹시 불안해 했다.

태사는 급히 천자께 아뢸 표문을 짓고 관리를 조가에 파견하여 구원을 요청했다. 또 급히 파발을 보내 삼산관三山關의 총사령관 등구공鄧九公에게 자신의 휘하로 와서 지휘를 받도록 명했다.

한편 스승의 명을 받은 남극선옹은 홍사진을 격파할 계획을 세웠다. 무왕이 잡힌 지 99일째 되는 날, 자아는 갈대집에서 묵좌하고 있는 연등도인을 만나 말했다.
"스승님, 내일이 바로 적진을 격파할 날입니다."
"벌써 날이 그렇게 되었군요."
다음날 남극선옹은 백학동자와 함께 홍사진 앞으로 나아갔다. 백학동자가 크게 소리쳤다.
"우리 스승께서 홍사진의 주인을 만나러 오셨소!"
장천군이 진으로부터 훌쩍 뛰어나왔는데, 그 모습이 매우 흉악했다. 그는 다짜고짜 사슴을 몰고 앞으로 돌격해 왔다. 장천군이 문득 고개를 들어 바라보니 상대는 남극선옹이었다.

장천군 장소張紹가 말했다.
"도형, 당신은 가장 풍류를 좋아하는 분으로 진이나 격파하는 부류는 아닌 줄 알았소. 단지 도형이 수련하여 신선의 몸을 이루었으나, 홍사紅沙를 만나 졸지에 천 년 공덕을 잃게 될까 싶어 애석할 뿐이오!"
남극선옹이 말을 받았다.
"장소, 여러 말 필요 없네. 이 진은 오늘 나에게 격파

될 것이니, 생각건대 그대는 오늘이 이 세상에서 마지막 날이 되리라."

장천군은 화가 치밀어 칼을 들어 남극선옹의 머리를 치려 했다. 옆에 있던 백학동자가 삼보여의주를 들고 앞으로 나와 싸웠다.

몇 합 겨루지 않아, 장천군은 진 안으로 달아났다. 백학동자와 남극선옹도 뒤를 따라 들어갔다. 누대로 오른 장소가 붉은 모래를 한 움큼 움켜쥐어 남극선옹을 향해 흩뿌렸다.

남극선옹이 오화칠령선五火七翎扇으로 한 차례 부채질을 하니 붉은 모래는 순식간에 자취도 없이 사라져 버렸다. 장천군은 다시 한 말이나 되는 붉은 모래를 걸머지고 쫙 한꺼번에 뿌렸으나, 남극선옹이 몇 차례 부채질하자 그 역시 흔적도 없이 사라졌다.

남극선옹이 말했다.

"장소야, 너는 오늘 이 재난을 피할 수 없을 것이다!"

말을 듣고 장천군이 도망치려 하니 백학동자가 여의주로 장천군의 등짝을 명중시켰다. 그는 곧 누대에서 떨어져 굴렀다. 백학동자가 칼을 들어 목을 베자 선혈이 옷깃을 홍건이 적셨다. 장천군 역시 봉신대로 가는 운명을 거역할 수 없었던 것이다.

남극선옹이 홍사진을 격파한 뒤 백학동자는 세 개의 구멍 속에 각기 사람이 들어 있는 것을 보았다. 남극선옹이 한 차례 우렛소리를 울리게 하자, 나타와 뇌진자가 깜짝 놀라 깨어났는데, 눈을 비비고 남극선옹을 보고는 곤륜산의 천존이 와서 구출해 주었음을 알았다.

  나타는 급히 가서 무왕을 부축했는데 안타깝게도 무왕은 이미 죽어 있었다. 타고 있던 소요마逍遙馬도 백 일이나 지나 이미 썩고 있는 중이었다.

  자아 또한 서둘러 진 안으로 들어와 이미 죽은 무왕을 보았다.

  "이게 무슨 업보란 말인가! 나라를 세워 뜻을 펼쳐보기도 전에 이런 변을 당하시다니! 이 모두가 덕없는 나의 잘못이로다."

  자아는 통곡을 그칠 줄 몰랐다. 연등도인이 와서 말했다.

  "괜찮을 테니 승상은 통곡을 그치시오. 전날 진에 들어가실 때 빈도가 미리 삼도부인三道符印을 붙여 앞뒤의 몸과 가슴을 보호했소이다. 무왕께는 백 일 동안의 재난이 필연이었소. 나에게 치료법이 있소이다."

  연등도인은 뇌진자에게 명하여 무왕의 시체를 갈대집으로 모신 뒤 정갈하게 물로 목욕시켰다. 도인이 한 알의 단약을 물에 개어 입 속에 부어넣었다.

두어 시간쯤 지나자 무왕은 눈을 떠 둘러보고 비로소 회생한 것을 알았다. 자아와 여러 도인들이 좌우에 서 있는 것을 보고 왕이 말했다.

"짐이 오늘 다시 승상을 만나게 되었구려!"

자아가 좌우의 시위들을 보내 무왕을 호위하여 회궁하게 했다.

한편 연등도인은 여러 도인을 불러 말했다.

"여러 도우들! 빈도가 지금에야 열 개의 진을 격파했소이다. 자아를 위한 수고로움이 오늘에야 끝났으니, 여러 도우들께서는 각기 자신의 동부로 돌아가시오. 다만 광성자는 남았다가 도화령桃花嶺으로 가서 문중을 저지하여 그가 가몽관佳夢關에 들어가지 못하게 하시오. 또 적정자도 남았다가 연산燕山으로 가서 문중을 저지하여 그가 5관으로 가지 못하게 하시오. 서두르시오! 또한 자항도인은 이곳에 남으시고, 다른 분들은 돌아가십시다."

여러 도인들이 막 갈대집에서 나와 떠나려 했는데, 홀연 운중자가 도착했다. 연등도인이 갈대집에 오르라고 청하자 운중자가 고개 숙여 인사했다.

"여러 도형들! 안녕하셨습니까?"

여러 도인들이 대답했다.

"운중자는 복이 많은 신선이군요. 지금까지 황하진을 범하지 않으셨으니 진실로 복이 많으시오."

운중자가 말했다.

"칙명을 받들어 통천신화주通天神火柱를 만들었으니 저는 절룡령絶龍嶺에서 문 태사를 기다리렵니다."

연등도인이 말했다.

"지체하지 말고 속히 가시오."

운중자가 떠나자, 연등도인은 부인符印과 칼을 자아에게 건네주면서 말했다.

"빈도도 절룡령으로 가서 운중자를 돕겠소. 지금 떠나려오."

언등도인이 떠난 뒤 자아가 명을 내렸다.

"휘하의 여러 장수들은 군막에 모이도록 하라."

남궁괄 등이 일제히 갈대집 앞으로 와서 자아를 뵙고 양 옆에 늘어섰다. 자아가 다시 명했다.

"내일 군사를 일으켜 문 태사와 자웅을 겨루리라."

여러 장수들이 명을 받들었다.

한편 문 태사는 십절진이 모두 격파된 뒤 조가에서 구원병이 오기만을 기다렸고, 또 삼산관 등구공이 와서 돕기만을 바랐다. 채운선자·함지선과 함께 논의했더니 두 신선이 말했다.

"세 낭랑이 재난을 당한 것은 생각지도 않게 두 사백께서 하산하셨기 때문입니다. 오늘의 좌절로 인해 우리 절교가 잡초만도 못하게 되었습니다."

태사는 길게 한숨을 쉬고 있는데, 갑자기 서주진영에서 포성이 들려오고 함성이 천지를 진동시켰다.

"자아가 태사께서 나와 대답에 응하기를 청합니다."

태사가 대노하여 말했다.

"내가 속히 가서 자아를 잡아 원수를 갚지 못하면 맹세컨대 살아 돌아오지 않을 것이로다!"

드디어 등충·신환·도영·장절을 좌우로 나누어 서게 하고 두 명의 여신선과 함께 군문을 나섰다. 태사는 흑기린을 타고 먼지를 연기처럼 일으키며 달려나갔다.

자아가 말했다.

"문 태사, 당신이 정벌 나온 지 3년이 가까운데 아직도 자웅이 가려지지 않았소. 그래, 지금 다시 십절진을 펼치시겠소 어쩌시겠소?"

그리고는 명했다.

"매달아 놓았던 조천군 조강趙江을 목 베어라!"

무길이 진 앞에서 조강의 목을 베었다.

문 태사는 크게 소리를 지르면서 채찍을 쳐들고 달려 나왔다. 황천화가 옥기린을 몰면서 달려나와 두 자루의 은철퇴로 태사에게 맞섰다.

군문 앞에 서 있던 함지선이 화가 치밀어올라, 보검을 쳐들고 와서 태사를 도왔다. 그러자 서주진영에서 양전이 창을 휘두르며 달려나와 함지선을 막아섰다.

채운선자는 양전이 함지선을 막아서는 것을 보고 칼을 들고 달려나왔다. 그러자 나타가 크게 소리쳤다.

"우리 진으로 달려들지 말라!"

나타는 풍화륜을 타고 채운선자와 맞섰다. 등충·장절·신환·도영 등 네 장수가 일제히 나섰다. 이쪽 편에서는 무성왕 황비호와 남궁괄·무길·신갑 등 네 장수가 맞섰으니 근자에 보기 드문 일대 격전이 벌어졌다. 훗날 이 광경을 그린 시가 남아 있다.

한바탕 큰 싸움에 힘들이지 않아도,
죽은 자가 어지럽게 쓰러져 있네.
오직 군왕과 사직의 평안을 위해,
현우賢愚의 구별없이 모두가 피로 모래를 적시네.

그 때 함지선이 바람자루를 열자 검은 회오리바람이

솟구쳐 일어났다. 그러나 자항도인에게 정풍주定風珠가 있다는 것을 알지 못했다. 그 구슬을 쳐들자 돌연 바람이 멈췄다. 자아가 급히 타신편을 쳐들어 함지선의 머리를 내리치자 머리는 산산조각이 되어버렸다. 함지선이 비명횡사한 것이다. 그리하여 한 영혼이 다시 봉신대로 들어가고 말았다.

진채 뒤에서 나는 소리를 듣고 채운선자가 고개를 돌렸는데 그때는 이미 늦어 있었다. 나타가 찌른 창이 그의 어깻죽지를 찔러 땅으로 고꾸라지는 신세가 되었다. 다시 창으로 일격을 가하니 어찌 죽지 않을 수 있겠는가.

장절과 한판 싸움을 벌이던 무성왕 황비호는 귀신 같은 창솜씨로 일격에 장절을 말 아래로 떨어뜨렸다. 한 영혼이 다시 봉신대로 갔다.

문 태사는 황천화와 한 판 싸움을 벌이다가 보니, 또 세 명이 당하고 있었다. 그 모습에 그는 싸우고 싶은 마음이 없어졌다. 채찍으로 황천화의 공격을 막으면서 본영으로 돌아오니, 등충·신환·도영 등 세 장수만이 남아 있었다.

한편 자아가 완승을 거두고 진영으로 돌아오자, 자항도인은 작별을 고하고 산으로 돌아갔다. 자아는 성으로 들어와 은안전에서 회의를 소집하고 명을 내렸다.

"제장들은 점심을 든 뒤 다시 모여 명을 듣도록 하라."

여러 장수들이 명을 받들어 물러갔다. 자아는 내실로 들어와 군령장을 썼다.

한낮이 기웃할 무렵 은안전에서 여러 장수를 소집하는 북소리가 울렸다. 장수들은 자아를 배알하고 명을 들었다.

자아는 황천화로 하여금 군령장과 영전令箭을 가져가게 하고, 또 나타와 뇌진자에게도 각각 군령장과 영전을 가져가도록 명했다.

"너희들은 각기 세 방향으로 가서 거기에 적혀 있는 대로만 하면 된다."

자아가 또 명했다.

"황비호 장군 등은 병사 5천 명을 이끌고 좌군영을 습격하고, 남궁괄 장군 등은 5천 명의 병사를 이끌고 우군영을 습격하시오."

이어서 또 명했다.

"금타·목타·용수호는 원문을 격파하고, 4현8준은 후군을 따라 싸움에 응하라. 신갑·신면·태전·굉요·기공·윤적 등은 3천 명의 군사를 이끌고 가서, '덕이 있는 서기 임금께 귀순하면 평안함을 누릴 것이나, 은나라의 무도

한 군주를 돕는다면 멸망할 것이니, 일찌감치 주나라로 귀순하여 몸을 망치지 말라!'라고 소리치면서, 먼저 천자의 군사를 공격하여 포위하라. 그러면 오늘 저녁에 큰 공을 이루리라."

또 양전에게 명을 내렸다.

"양전은 3천 군사를 이끌고 먼저 저들의 식량을 불태우라. 그러면 저들은 싸우지도 못하고 자멸할 것이다. 그 다음에는 곧바로 절룡령으로 가서 뇌진자 왕자를 도와 공을 세워라."

양전이 명을 받고 나갔다.

한편 문 태사는 장수와 병졸들을 잃고 낙심하여 군막 안에 앉아 있었다. 갑자기 한 생각이 나서 이마 한가운데의 신목神目을 뜨고 살펴보니 서기의 중군에서 한 가닥 살기가 솟아오르고 있었다.

태사가 웃으며 말했다.

"강상이 오늘 승리를 얻었다고 꽤나 자만하는구나. 승세를 타고 우리 진영을 습격하려 하다니."

급히 명을 내렸다.

"등충과 도영은 왼쪽 진영을 지키고 신환은 오른쪽 진영을 맡으라. 그리고 길립과 여경은 궁수들을 이끌고 후군에서 식량을 지켜라. 나는 중군에서 누가 나의 군문에 들어오는지 지켜보겠다!"

태사는 야간전투 준비를 서둘렀다.

날이 어두워져 해가 서산에 기울었다. 시각이 1경에 가까워지자 자아는 여러 장수들을 이끌고 사방으로 공격해 들어갔다. 군사들은 은밀히 태사진영의 대원문大轅門으로 접근했다. 군사들은 등불을 신호삼아 한 발 포성과 함께 함성을 지르며 내달았다. 북소리가 천지를 진동시켰다. 바야흐로 한바탕 야전이 벌어지는 찰나였다.

자아는 선봉대를 독려하며 일곱 겹의 포위를 들고 소리를 지르면서 군문으로 달려갔다. 문 태사는 황급히 흑기린에 올라 채찍을 후려치며 크게 소리쳤다.

"강상, 지금 나와 함께 자웅을 겨룰 텐가!"

문 태사가 채찍을 쳐들자 자아는 칼을 빼들고 맞섰다. 그때 어디서 나타났는지 금타가 왼쪽에 서고 목타는 오른쪽에 섰으며 용수호는 돌을 던지며 모여들었다. 마치 메뚜기 떼 같았다. 은나라 군졸들은 힘써 막아보려 했지만 대부분 상처만 입고 나뒹굴었다.

그렇게 태사가 한창 중군에서 싸우고 있을 때였다. 황비호가 왼쪽 진영으로 돌격해 들었다. 등충과 도영이 황급히 "황비호는 잠시 멈추어라!" 하며 소리쳤다. 듣는

둥 마는 둥 황씨부자가 두 장수를 몰아붙이자, 등충은 아차 싶었던지 정신을 집중하여 도끼를 휘둘렀다. 도영 또한 제 실력을 발휘하여 쌍채찍을 휘둘렀다.

또 남궁괄이 우진영으로 쳐들어가자 신환이 "남궁괄은 걸음을 멈춰라!" 하고 외치면서 육시肉翅 즉 날개를 펄럭이며 날아올랐다. 서기의 여러 장수들이 신환을 막아 싸웠다.

횃불이 사방에서 타올라 대낮처럼 밝았다. 그럼에도 음산한 바람은 끊임없이 불어오고 북소리가 천지를 뒤집어엎을 듯 "둥둥둥" 울려댔다.

문 태사가 한창 싸우고 있을 때 자아가 타신편을 쳐들었다. 태사가 이마 한가운데의 신목을 부릅뜨고서 급히 몸을 숨기려 했을 때는 이미 채찍이 왼쪽 어깨에 떨어진 뒤였다.

용수호가 마구 돌멩이를 쏘아대니 삼군병사들은 정신을 차릴 수 없었고, 대오도 일시에 흐트러졌다. 그러자 사기가 오른 서주군사들이 고함을 지르며 사방에서 포위망을 좁혀 들었다.

태사가 어떻게 이를 막아낼 수 있을 것인가!

황비호의 네 아들 황천상 등은 나이는 어리지만 용맹스러워 당해낼 자가 없었다. 창을 휘두르는 모습은 용이 꼬리를 치는 듯했으며 몸놀림은 이무기처럼 잽쌌다.

도영은 미처 몸을 피하지 못하여 이들의 창에 찔려 말 아래로 떨어졌다. 등충도 당해내지 못하여 패주할 수밖에 없었다. 신환은 서주군의 기세가 심히 강대함을 보고 감히 싸울 생각도 하지 못했다.

예봉이 꺾인 싸움의 승패는 이미 결정난 것이나 진배없었다. 그때 후군에서 불이 일어난 것이 보였다. 양전이 지시대로 식량을 불태웠으므로 군사들이 혼란에 빠져 형세가 돌이킬 수 없는 지경이었다. 화염이 하늘에 치솟고 싯누런 불길이 어지러이 춤을 추었다. 서주군들이 쉬지 않고 여전히 징과 북을 둥둥쟁쟁 울려대니, 이게 바로 아비규환의 아수라장이었다.

문 태사의 대군이 이미 패했을 때 서주군 즉 주나라 군사가 사방에서 외치는 소리가 들려왔다.

"서기의 성주聖主에게 천명이 새롭게 내려졌도다! 천자는 무도하여 만백성을 해쳤도다! 너희들은 어찌하여 서기에 투항하여 평안함을 누리려 하지 않는가! 어찌하여 고생을 자초하며 폭군을 위해 애쓸 뿐 스스로 멸망을 구하는가!"

외침소리의 효력은 실로 대단했다. 서기에 있은 지 이미 오래인 태사의 군사들은 8백 명이나 되는 많은 제후들이 주나라로 귀순하는 것을 보았는지라, 그 말을 듣자마자 어지러이 흩어져 주장의 명령을 따르지 않았다. 그들은 고함치면서 절반이 넘도록 도망쳤다.

태사는 병사들이 많아도 쓸 곳이 없었고 군법이 있어도 쓸 수가 없었다. 서주에 투항하려는 자들은 흩어져 떠나갔고, 투항하지 않은 자들은 한편으로 싸우면서 한편으로 달아날 생각뿐이었다.

신환은 공중을 날면서 태사를 보호했고 등충은 후군을 격려했다. 결국 하룻밤 사이에 70여 리를 후퇴하여 기산 아래까지 이르렀다. 자아는 더는 뒤쫓지 않았다.

문 태사가 패잔병들을 수습하여 점검해 보니 겨우 3만 남짓의 군사밖에 남아 있지 않았다. 게다가 도영마저 잃었으므로 마음이 천 근 쇳덩이에 눌린 듯 울적하여 더 이상 아무 말도 할 수 없었다. 등충이 겨우 입을 열었다.

"태사께서는 이제 군사를 어디로 돌리시렵니까?"

태사가 힘없이 물었다.

"이곳에서 어느 쪽으로 갈 수 있는가?"

신환이 대답했다.

"가몽관佳夢關으로 갈 수 있습니다."

태사가 말했다

"그럼 즉시 가몽관으로 가자."

곧 인마를 재촉하여 전진했다. 그렇지만 가련하게도 병사와 장수를 잃고 위세가 꺾였으니 흥이 날 리가 없었다. 가는 동안 줄곧 병사들마다 탄식이 끊이지 않았다.

그렇게 한참 동안 가고 있었는데, 마주친 도화령桃花嶺 위에서 한 개의 누런 깃발이 보였다. 깃발 아래에 한 사람의 도인이 서 있었는데, 보니 광성자였다. 문 태사가 물었다.

"광성자, 당신은 무슨 일이 있어 이곳에 계시오?"

"특별히 태사를 위해 이곳에서 기다린 지 오래요. 당신은 지금 천명을 거스르고 악함을 도와 어짊을 멸하려 하면서 무고한 사람들을 수도 없이 죽이고 현량들을 해쳤소. 이 모든 것은 당신이 자초한 일이오. 내가 지금 이곳에서 기다리는 것은 당신과 원수여서가 아니오. 다만 당신이 도화령을 지나가지 못하게 하려는 것뿐이오. 다른 곳으로 갈 테면 가시오."

태사가 크게 성을 내며 말했다.

"내가 지금 외롭게도 병사와 장수들을 잃었지만, 감히 나를 깔봄이 너무나도 심하도다!"

말하면서 흑기린을 채찍을 들어 내리치며 재촉했다. 광성자는 앞으로 내달으며 급히 보검으로 막았다. 채 15합도 되지 않아 광성자는 번천인番天印을 공중에 쳐들었다. 태사가 보더니 번천인의 강력함을 아는지라 흑기린의 기수를 돌려 황급히 서쪽으로 달아났다. 등충은 태사를 따라 후퇴했다.

신환이 말했다.

"지금 태사께서는 어찌 그 자를 두려워하여 병사를 후퇴시키셨습니까?"

"광성자의 번천인은 우리들이 당해내지 못하네. 만약 번천인에 한번 얻어맞기라도 하면 어쩌겠는가! 그래서 잠시 피한 것이네. 지금 이 고개로 넘어갈 수 없으니 어디로 가야 하는가?"

등충이 말했다.

"5관으로 들어가 연산으로 가는 것이 좋겠습니다."

태사는 군사들을 이끌고 연산으로 향해 가는 수밖에 없었다.

문 태사 일행은 하루도 못되어 연산에 도착했다. 갑자기 고개를 들어보니 태화산太華山 위에 누런 깃발 하나가 펄럭이고 그 아래에 적정자가 서 있는 것이 보였다. 태사가 기린을 몰아 앞으로 나아가자 적정자가 말했다.

"오시는 분은 문 태사일 터인즉, 내 이미 기다리고 있었소. 태사는 이 연산으로 지나가지 마시오. 이곳은 당신이 가실 곳이 아니오. 나는 연등도인의 명을 받들어 당신이 5관으로 들어가지 못하도록 이곳에서 막고 있소이다. 원래 왔던 곳으로 되돌아가는 것이 좋겠소."

문 태사는 전신 일곱 구멍에서 연기가 날 정도로 화가 치밀어 큰소리를 질렀다.

"적정자! 나는 절교문인이지만 따지고 보면 우리는 같은 도문인데 어찌하여 이리도 박절하게 깔보느냐? 내가 비록 패전했으나 이 한 목숨 내던져 반드시 한바탕 겨뤄보리라! 어찌 너를 살려둘 수 있겠는가!"

흑기린에 박차를 가하자 네 발굽이 쳐들렸다. 문 태사가 금채찍을 휘두르자 섬광이 번득였다. 삼으로 엮어 만든 신발을 신은 적정자는 이리저리 걸음을 옮기며 보검을 들고 맞섰다. 35합여를 싸우고 적정자는 음양경陰陽鏡을 꺼내들었다.

絶龍嶺聞仲歸天

절룡령에서
문중이 하늘로 돌아가다

적정자가 음양경을 꺼내드는 것을 보고 태사는 흑기린을 몰아 급히 물러나 연산에서 후퇴했다. 적정자도 뒤쫓지 않았다. 태사는 화가 나서 거친 숨을 몰아쉴 뿐 아무 말도 하지 못했다.

신환이 말했다.

"태사님! 두 군데의 길이 모두 막혔으니 황화산黃花山을 통해 청룡관으로 들어가는 것이 좋겠습니다."

문 태사는 한동안 숨을 고르며 한동안 생각에 잠겨 있더니 말했다.

"내가 조가로 돌아가 천자를 뵙고 다시 대군을 정비하여 회복을 도모할 수 없는 것은 아니다. 다만 군사들이 모두 피곤하여 지쳐 있으니, 어찌해야 이곳에서 목숨을 부지하여 뚫고 나갈 수 있을까?"

하는 수 없이 군사들을 새로 정돈시켜 청룡관으로 향하는 큰길을 따라 나갔다. 반나절이 채 못되어 앞을 보니 한 무리의 군사들이 요새지에 주둔해 있었다.

문 태사가 명했다.

"멈춰라! 앞에 복병이 있다."

진영이 채 정비되지도 않았는데 한 발의 포성이 울리더니 두 개의 붉은 깃발이 펄럭이면서 나타가 풍화륜을 타고 화첨창을 휘두르며 달려들었다.

"문 태사는 돌아갈 생각을 하지 말라! 이곳이 곧 그대가 죽을 곳이로다!"

태사는 열화 같은 화증이 이글거렸다. 돌연 세 개의 눈에서 금빛이 번쩍였고 입에서는 욕설이 새어나왔다.

"강상은 나를 깔봄이 어찌 이다지도 심하더냐? 하찮은 조무래기들이나 매복시켜 놓고 천자의 대신인 나를 모욕하다니!"

채찍을 들고 흑기린을 몰아 공격했다. 나타는 기다렸다는 듯이 화첨창으로 막았다. 채찍과 창이 서로 엇갈

리며 한바탕 큰 싸움이 벌어졌다.

태사와 등충·신환·길립·여경이 나타를 둘러쌌다. 그러나 나타가 어찌 그들을 두려워하겠는가? 1장 8척이나 되는 창을 한 차례 휘둘렀는데, 그 창은 빈주(邠州)의 쇠로 만든 것으로, 한 토막 강철을 벼려 만든 창이었다.

나타가 정신을 가다듬고 한 차례 고함을 지르면서 찌르자 길립이 말 아래로 떨어졌다. 그런 다음, 황급히 풍화륜에 올라 군진에서 벗어났다. 곧 건곤권을 공중에 휘두르니 또한 등충이 어깨를 맞고 말안장에서 굴렀다. 등충은 다시 나타의 창에 찔려 결국 목숨을 잃고 말았다. 두 영혼이 함께 봉신대로 향했다.

문 태사는 등충과 길립 두 장수가 절명하자 더는 싸울 기력이 없었다. 하는 수 없이 길을 찾아 달아나는 수밖에 없었다.

나타는 진을 쳐서 잔여적군의 길을 끊은 뒤 말했다.

"항복하는 자는 살려주겠다!"

여러 병사들이 일제히 소리쳤다.

"현명하신 군주께 귀순하길 청합니다."

나타는 전승을 거두고 서기로 돌아와 공을 보고했다.

한편 문 태사는 저녁나절 패잔병들을 이끌고 가다가

점검해 보니 1만이 채 안되었다. 태사는 막료들과 앉아 있다가 스스로 부끄러움을 금할 수가 없었다. 고개를 숙인 채 생각에 잠겨 있던 그가 겨우겨우 입을 열었다.

"내가 정벌을 나선 이래 져본 일이 없었다. 오늘 서기를 정벌하러 나섰다가 일찍이 없었던 치욕을 당하는구나!"

신환이 옆에서 말했다.

"태사께서는 '승패는 병가지상사'라는 말을 위안으로 삼으십시오. 어찌 마음에 깊이 새기십니까? 조정으로 돌아가 대군을 정비한 뒤 다시 돌아와 원수를 갚아도 늦지 않을 것입니다. 태사께서는 자중하소서."

다음날 군대는 황화산을 향해 진군해 나갔다. 아침 참에 이르렀을 때, 갑자기 붉은 깃발이 펄럭이고 함성이 천지를 뒤흔들었다. 진중에는 금빛 갑옷에 도포를 입고 옥기린에 오른 한 장수가 보였다. 그는 두 자루의 은철퇴를 흔들면서 달려와 소리쳤다.

"강 승상의 명을 받들고 오랫동안 이곳에서 기다렸다! 지금 패하여 병사와 장수를 잃었으니, 혼자 힘으로 대적하기 힘들 것이로다. 천명이 이미 정해졌음이다. 지금 항복하지 않고 다시 어느 때를 기다리겠는가?"

문 태사는 황천화가 길을 막고 서 있는 것을 보고 화를 돋우며 말했다.

"이 역적놈! 감히 뉘 앞이라고 업신여기려 드느냐!"

흑기린을 몰아 채찍으로 공격하자 황천화가 철퇴로 맞았다. 교전하기를 20·30합쯤 되었을 때, 관전하던 신환은 노기가 중천 위로 치솟고 여경 또한 화가 치밀어 머리털이 관을 뚫었다.

마침내 두 장수가 태사를 도우러 나섰다. 황천화는 두 장수가 싸움을 돕기 위해 달려드는 것을 보고 당할 수 없다는 듯 옥기린을 몰아 도망쳤다.

황천화가 도망하자 여경은 앞뒤 가리지 않고 그 뒤를 쫓았다. 천화가 이때를 노려 화룡표火龍標 철퇴를 꺼내 뒤로 집어던지자 여경은 골수를 흩뿌리며 죽어버렸다.

신환은 여경이 말에서 떨어져 죽자 "내가 간다!"라고 소리지며 날개를 휘저어 날아올라 추찬鎚鑽 쇠망치를 들어 황천화의 정수리를 내리쳤다.

신환은 공중에서 공격하고, 황천화의 철퇴는 길이가 짧은 병기인지라 공격을 잘 막아낼 수가 없었다. 황천화는 옥기린을 휘몰아 포위망을 뚫고 도망쳤다.

신환은 황천화의 낌새를 알아차리지 못했다. 쫓기에 급급한 신환은 황천화가 내던진 찬심정攢心釘 큰못에 날개를 맞고는 공중에서 곧바로 추락하는 신세가 되었다. 관전하던 태사는 신환이 불리한 것을 보고 구하게 했다.

태사는 서둘러 남은 병사를 몰고 동남쪽을 향하여 도망하기에 바빴다.

황천화는 연속해서 두 차례나 승리하자 더 이상 추격하지 않았다. 그는 병사를 거두어 서기로 향했다.

도망하던 태사는 추격해 오는 적군이 보이지 않자 안도의 한숨을 내쉬며 행군속도를 늦추도록 명했다. 여경이 죽고 신환마저 부상당한 지금 태사는 더 이상 슬퍼할 여유조차 없었다. 병사들 또한 곤죽이 된 상태였으니 아무도 입을 열지 않았다.

저녁노을이 질 무렵 어느 높은 산 앞에 이르렀다. 눈에 드는 풍경이 너무도 처량하여 문 태사는 길을 멈추게 했다. 자기도 모르는 사이에 입에서는 탄식의 시가 새어 나왔다.

> 고개 돌려 청산을 바라보니 두 줄기 눈물 흐르고,
> 삼군의 형세가 처참하니 더욱 슬퍼라.
> 내 진작 군사를 되돌리기만 했어도,
> 오늘날 어찌 이리 패할 줄 알았으랴!
> 천시天時는 헤아리기 어려우니,
> 사람의 일이 결국 어찌 될꼬?
> 쓰러지는 군사들의 모습 눈앞에 꿈만 같아도,
> 나라 위한 충성심은 끝내 변치 않으리.

삼군을 쉬도록 하여 모두 밥을 지어 먹고 난 뒤 신환은 대오를 점검했다. 하루를 쉬고 이튿날 병사를 철수하기로 한 2경쯤 되었을까, 갑자기 산 위에서 천지를 진동하는 우렛소리처럼 대포가 불을 품었다.

태사가 황급히 군막에서 나오니 산 정상에서 자아와 무왕이 보였다. 그들은 말에 오른 채 비웃기라도 하는 듯 술을 마시고 있었다. 또 좌우의 여러 장수들이 손가락질하며 야유했다.

"문 태사의 패잔병 나부랭이들, 장수를 잘못 만나 고생이 심하구나."

그 말을 들은 태사가 불같이 성을 내며 흑기린에 올랐다. 앞뒤를 살필 겨를도 없이 채찍을 휘두르며 정상을 향해 내달렸다. 그 때 갑자기 한 차례 우렛소리가 울렸는데, 그 순간 정상에 있던 사람들도 보이지 않았다.

태사가 신목神目을 떠 좌우를 살폈으나 그들의 종적은 어디에도 없었다. 그가 이를 갈며 멈춰 서서 주위를 살필 때였다. 홀연히 산 아래에서 한 발의 포성이 울리면서 구름 같은 군사들이 산을 에워싸고 소리쳤다.

"문 태사는 도망치지 말라!"

태사는 대노하여 말을 되돌려 산 아래를 향했다. 그러나 정작 산 아래에 이르자 어디로 숨었는지 그 많던 인마가 하나도 보이지 않았다. 숨을 몰아쉬던 태사가 막 점을 치려 했는데, 또다시 산 위에서 포성이 울리며 자아와 무왕이 나타나 박장대소하며 말했다.

"문 태사! 오늘 싸움에 졌으니 그 동안 세운 공적이 한낱 물거품이 되었소. 무슨 얼굴로 조가에 돌아가겠소?"

분노에 찬 목소리로 태사가 대꾸했다.

"희발, 이놈! 어찌 감히 이토록 방자하더란 말이냐!"

말을 몰아 다시 산 위로 오르려는 즈음 갑자기 산중턱 후미진 곳에서 뇌진자가 나타났다. 정상만을 바라며 달리던 태사는 미처 날아오른 뇌진자를 방비하지 못하고 있었다.

순간 몽둥이 하나가 문 태사를 향해 날아왔다. 태사는 미처 손을 쓰지 못하고 "앗, 위험하구나!"라고 소리치면서 몸을 날려 피했다. 그러나 기린의 뒷다리는 피할 수 없었다. 뇌진자의 쇠몽둥이에 맞은 흑기린의 뒷다리는 그만 두 토막이 나버렸다. 그 통에 태사는 땅에 굴러떨어졌고 겨우 토둔법을 빌어 몸을 숨길 수 있었다.

신환이 크게 소리쳤다.

"내가 간다! 뇌진자는 도망치지 말라!"

신환은 다친 날개를 억지로 펴 날아올랐다. 그러나 신환은 양전이 몰래 효천견을 풀어놓은 것을 알지 못하여 넓적다리를 물리고 말았다. 이때를 노려 뇌진자의 쇠몽둥이가 신환의 정수리를 내리치자, 신환은 비명을 지르며 목숨을 내놓았다. 한 영혼이 또 봉신대로 가게 되었다.

타고 다니던 기린을 잃은 문 태사는 생각했다.

'귀국은 글렀구나. 30만 군대를 이끌고 서방정벌을 나서서 3년이 넘도록 싸웠으나, 생각지도 않게 기회를 잃어 이제 패잔병 수천 명만 남았으니 어찌 돌아갈 수 있겠는가? 설혹 돌아가더라도 패전한 장수에게 올 것이라고는 단 한 가지 죽음뿐인 것을! 더구나 타고 다니던 기린마저 잃었고 제자와 부장들까지도 모두 죽임을 당했으니 어찌할꼬!'

문 태사는 토둔법을 풀고 땅 밖으로 나와 한동안 묵묵히 앉아 신음하다가 하늘을 우러르며 탄식했다.

"하늘이시여! 성탕成湯을 망하게 하시렵니까? 지금 그릇된 정치로 천심이 따르지 않고 백성들은 날로 원망이 더하고 있습니다. 저는 일편단심 충성으로 정벌을 나와 1만도 못되는 군사로 돌아가게 되었습니다. 이 어찌 신하가 정벌에 힘쓰지 않은 탓이겠습니까?"

동틀 무렵까지 그렇게 앉아 있던 문 태사는 겨우겨우 몸을 일으켜 남은 패잔병들을 이끌고 이동하기 시작했다. 식량마저 바닥을 보인 지 오래라 군졸들은 지친 모습이 역력했다.

그때 눈앞에 한 촌락이 나타났다. 문 태사는 굶주린 병사들을 더 이상 재촉할 수 없었으므로 쉬어가라는 명을 내렸다.

"마을로 가서 한 끼니 식사를 부탁하여 너희들의 배고픔을 해결하라."

군사들이 한 집 앞에 이르러 물었다.

"안에 사람 있소?"

곧 한 노인이 달려나와 패잔병 무리를 살피며 황급히 물었다.

"여러분들은 무슨 연고로 이곳에 오셨소?"

사졸들이 대답했다.

"우리들은 은나라 문 태사 어른을 좇아 칙명을 받들어 서주를 정벌하러 나섰소. 그리하여 강상과 싸웠는데 그만 패하여 돌아오는 길이오. 우리에게 한 끼 밥을 먹여 준다면 훗날 반드시 보답하겠소."

그 노인은 말을 다 듣고 나서 황급히 말했다.

"태사 어른을 빨리 납시도록 하십시오."

여러 군사들이 돌아가 태사께 아뢰었다.

"한 노인이 태사어른을 모셔오라 청합니다."

문 태사가 허우적허우적 그 집 앞에 이르자, 노인은

몸을 숙여 절하면서 말했다.

"태사어른! 소인이 영접치 못한 죄를 용서하소서."

태사 또한 예로써 답했다. 노인은 태사를 안내하여 안으로 들게 했다. 그가 안으로 들어가 자리를 정하자, 노인이 음식을 차려 들여왔다. 태사와 사졸들은 꿀 같은 밥으로 요기한 뒤 그곳에서 하룻밤을 묵었다.

다음날 아침 문 태사는 노인에게 사례하고 물었다.

"노인의 성함은 어찌되시오? 이렇게 노인장 집안을 소란스럽게 했으니 후일 반드시 사례하겠소."

"소인의 이름은 이길李吉입니다."

태사는 좌우에 명하여 기록하게 했다.

이윽고 병사들은 청룡관으로 향하는 대로를 지나는데, 모두가 문득 길을 잃고 말았다. 태사는 군사들에게 멈추라고 명한 뒤 동서남북을 살피고 있었다. 그때 숲 속에서 나무 베는 소리가 들리고 이어 한 나무꾼이 보였다. 태사가 사졸을 시켜 나무꾼에게 길을 묻도록 했다. 사졸들이 앞으로 나아가 물었다.

"우리는 칙령을 받들어 서방정벌에 나섰던 군사들인데 지금 청룡관으로 가는 길이다. 어느 길로 가는 것이 가까운지 가르쳐 주시게."

나무꾼이 손가락으로 가리켰다.

"서남쪽으로 가시면 15리밖에 안됩니다. 백학돈白鶴墩을 넘으면 곧 청룡관 대로입니다."

사졸들은 나무꾼에게 사례하고 돌아와 태사에게 보고했다. 태사는 서쪽을 향하도록 명하고 군사들은 천천히 앞으로 나갔다. 그런데 그때 나타난 나무꾼은 바로 모습을 바꾼 양전이었다. 그는 태사 일행이 절룡령으로 가도록 유도했던 것이다.

태사의 군사들이 20리쯤 행군을 하여 당도한 곳은 절룡령이었다. 절룡령은 예없이 험준하기 짝이 없었다. 하늘을 찌를 듯 높은 봉우리가 눈앞을 가로막았고 계곡은 깎아지른 듯하였다. 산을 넘는 고갯길은 하늘에 걸린 듯 아슬아슬하게 뻗쳐 있었고 이따금씩 천 길 낭떠러지도 눈에 띄었다.

문 태사의 군사들이 절룡령에 이르러 산에 오르려 하다가 살펴보니 산세가 매우 험난했다. 의혹이 생긴 태사가 고개를 들어 바라보니 한 도인이 수합도복水合道服을 입고 서 있었는데, 다름 아닌 종남산 옥주동의 운중자였다.

문 태사가 앞으로 바삐 나가 물었다.

"도형이 이곳에는 어인 일이시오?"

"빈도는 연등도인의 명을 받들어 이곳에서 도형을 기다린 지 오래요. 이곳은 절룡령으로 도형이 죽임을 당할 곳인데 마침내 이르셨구려. 이제 이 지경이 되었으니 투항하지 않으시려오?"

태사가 큰소리로 웃으며 말했다.

"운중자! 지금 나 문중(聞仲)에게 소인배 취급을 하는 것이오? 어찌하여 이곳이 내가 죽임을 당할 곳이라 말하면서 나를 욕되게 하오? 도형과 나는 오행술법 중에 통하지 않는 것이 없고 도에 있어서도 모르는 게 없소. 지금 이처럼 나를 희롱하는데 무엇으로써 이 문중을 이기시겠소?"

문 태사가 돌진하자 운중자가 손가락을 뻗어 번갯불을 일으켰다. 그러자 맨땅에서 여덟 개의 천신화주(天神火柱)의 불기둥이 솟아올랐다. 불기둥은 높이가 세 길이요 둘레가 한 길쯤 되었는데, 팔괘의 방위에 따라 건(乾)·감(坎)·간(艮)·진(震)·손(巽)·이(離)·곤(坤)·태(兌)의 방향에서 솟아올랐다. 태사는 그 불기둥 속에 서서 크게 소리쳤다.

"그대가 쓰는 술법이 무엇이기에 이러한 불기둥을 일으켜 나를 곤혹스럽게 하는가?"

운중자는 다시 손을 뻗어 더 세찬 우렛소리가 나게 했다. 그러자 그 불기둥이 진동하면서 각 불기둥마다 49마리나 되는 화룡이 나타났다. 화룡들은 불길을 뿜으며 공중을 날아다녔다. 태사는 크게 웃으며 말했다.

"불 속 요괴들은 모두 사람이 피할 수 있는 것들로 화중술火中術일 터인데, 이러한 것이라면 누구든 행할 수 있는 술법이오. 그대는 어찌 이러한 술법으로 나를 속이려 드는가?"

문 태사는 불을 피하는 묘결을 쓰면서 여전히 그 안에 서 있었다.

"운중자, 그대의 도술이 겨우 이 정도였던가? 오래 머물 처지가 못되니 나는 그만 떠나려네."

태사가 위로 높이 솟구쳐 올라 둔법을 써서 도망치려 했다. 그러나 운중자가 미리 연등도인의 자금발우紫金鉢盂를 위에다 씌워놓은 것을 태사는 알지 못했다.

태사는 하늘로 올라가다가 자금발우에 부딪쳐 구운열염관九雲烈焰冠을 땅에 떨어뜨리고 푸른 머리카락 또한 벗겨졌다. 이윽고 태사는 외마디 소리를 지르며 땅에 떨어졌다.

운중자가 다시 천둥이 치도록 술법을 펴자 사방에서 벽력같은 소리가 나면서 불꽃이 더욱 거세졌다. 불꽃은 마치 뱀의 혓바닥처럼 널름거렸다. 이윽고 불꽃은 태사를 집어삼켰다.

마침내 가엾은 천자의 재상은 운명을 달리했다. 그는 스스로 점을 쳐 '절絶'자의 흉조를 뽑았건만 끝내 피하지 못한 것이다.

그런데 문 태사의 충심은 사라지지 않았다. 한 가닥 영혼이 바람을 타고 곧장 조가로 가서 천자 앞에 꿇어앉아 그간의 사정을 아뢰었다.

이때 천자는 녹대에서 달기와 함께 술을 마시고 있었다. 갑자기 정신이 혼미해져서 자신도 모르게 그만 상 위에 엎드려 잠이 들었는데, 홀연 태사가 곁에 나타나 간하고 있었다.

"노신은 칙명을 받들어 서쪽으로 정벌 나가 여러 차례 싸움을 벌였습니다. 하오나 마침내 세운 공도 없이 헛되이 패하여 수고만 하다가 지금 서녘 땅에서 죽임을 당했습니다. 원컨대 폐하께서는 삼가 어진 정치를 베풀고 현자를 구해 나라를 보좌토록 하소서. 또한 방탕한 생활로 조정을 어지럽히지 마시고, 종묘와 사직을 중히 여겨 중신들의 간언을 믿고, 천명을 경외하면서 전날의 잘못을 반성한다면 아마 돌이킬 수 있을 것입니다. 노신이 더 자세히 아뢰고 싶으나 봉신대에 들어가지 못할까 두려워 이만 물러갑니다!"

이렇게 말하고는 곧장 봉신대를 향했다. 백감柏鑑이 그 혼백을 인도하여 봉신대 안에 모셨다.

한편 천자는 갑자기 잠에서 깨어나 말했다.

"괴이하도다!"

달기가 말했다.

"폐하, 무슨 일로 그리 놀라시오니까?"

천자가 꿈속 일들을 이야기해 주자 달기가 말했다.

"꿈은 마음에서 생겨나는 것이옵니다. 소첩이 듣기에, 폐하께서 늘 서쪽으로 정벌나간 문 태사를 걱정하셨는데, 그 때문에 이러한 징조가 보인 것이옵니다. 태사가 싸움에 패할 리가 있으오리까?"

"그대의 말이 옳도다."

천자는 이렇게 말하고 나서 곧 안심했다.

한편 자아가 병사를 거둬들이자 여러 문인들이 모두 공적을 보고하러 왔다. 그러나 운중자는 신화주를 거두고 연등도인과 함께 산으로 돌아갔다.

문 태사가 절룡령에서 죽임을 당한 것을 안 신공표는 자아에 대해 이를 갈며 5악3산을 돌며 서기를 정벌할 만한 선객仙客들을 찾아다녔다.

하루는 비호를 타고 협룡산夾龍山 비룡동飛龍洞에 이르렀는데, 산등성이를 뛰어다니는 한 동자가 보였다. 신공표가 호랑이에서 내려 살펴보니, 그 동자는 난쟁이여서 키가 4척밖에 되지 않았고 얼굴색은 흙빛이었다.

신공표가 말했다.

"동자, 그대는 어느 도문인가?"

그는 누가 자기를 부르는 소리를 듣고 예의를 갖추며 물었다.

"귀공은 어디에서 오셨습니까?"

"섬에서 왔네."

"귀공은 절교截敎입니까, 천교闡敎입니까?"

"천교이네."

"저의 사숙 되시는군요."

"그대의 스승은 뉘시며 이름은 어찌 되는가?"

"저의 사부는 구류손懼留孫이며, 저는 토행손土行孫이라 합니다."

"그대는 몇 년이나 도업을 쌓았는가?"

"백 년 동안 도업을 닦았습니다."

신공표가 고개를 끄덕이며 말했다.

"내가 보기에 그대는 도를 닦아 신선이 되기는 힘들 듯하네. 인간세상의 부귀영화를 구해 보지 않겠나?"

"어떤 것이 인간세상의 부귀영화입니까?"

"내가 생각하기에 그대는 망포와 옥대를 두르고 군왕의 부귀영화를 누릴 수 있겠네."

망포蟒袍는 황금색 이무기를 수놓은 옷으로 대신들이 입는 예복이다.

"어찌해야 그리 될 수 있습니까?"

"하산하여 인간세상으로 가겠다면 내가 글을 써서 그대를 추천할 것이니 그리하면 곧 성공할 것이네."

"귀공께서는 저를 어디로 보내고자 하십니까?"

"그대를 추천하여 삼산관 등구공에게 가도록 할 것이니 큰일을 이룰 수 있을 것이네."

토행손이 사례하며 말했다.

"그리만 해주신다면 은혜를 잊지 않겠습니다."

"그대가 자랑하는 술법은 어떤 것인가?"

"저는 땅 속으로 천 리를 달립니다."

"나에게 한번 보여주겠나?"

토행손이 몸을 한번 숙이자 곧 흔적도 없이 사라졌다. 신공표는 크게 기뻤다. 그 때 갑자기 토행손이 땅 위로 솟아올랐다. 공표가 다시 말했다.

"그대의 사부에게는 곤선승綑仙繩이라는 포승줄 무기가 있는데, 그대가 그 곤선승 두 개만 가져간다면 꼭 성공할 것이네."

"알겠습니다."

이에 토행손은 사부 구류손의 곤선승과 다섯 병의 단약을 훔쳐가지고 삼산관으로 향했다. 신공표는 토행손으로 하여금 하산케 하고서 또 다른 곳으로 떠났다.

鄧九公奉勅西征

칙명을 받들어 등구공이 서기정벌에 나서다

한편 그날 절룡령으로 회군한 군사들은 사수관汜水關으로 들어가 한영韓榮에게 보고하여 문 태사가 절룡령에서 죽임을 당했음을 알렸다. 한영은 곧 표문을 작성하여 조가에 보고했다.

조가에서는 미자微子가 표문을 살펴보고 황급히 조정으로 나아가 천자를 뵙고 아뢰었다.

천자가 말했다.

"짐이 특별히 부른 일이 없거늘, 황백皇伯께서 어인 일이시오?"

미자가 문 태사의 일을 아뢰자, 천자는 크게 놀라 말했다.

"아아, 전날의 꿈이 사실이었구나. 내가 며칠 전 정신이 몽롱한 가운데, 분명히 문 태사가 녹대에 올라와 나에게 말하기를 절룡령에서 싸움에 졌다고 하더니, 오늘 보니 과연 정말이로구나!"

천자가 몹시 상심하면서 문무관리들에게 물었다.

"내 기필코 태사의 원수를 갚아주리라. 강상을 조가로 잡아오려면 누구를 대장으로 삼는 것이 마땅하겠소?"

여러 관리들이 이마를 맞대고 머리를 쥐어짰으나 쉽게 결정되지 않았다. 그때 상대부 금승金勝이 앞으로 나서며 아뢰었다.

"삼산관의 총병관 등구공은 전날 남백후 악순을 크게 무찌르고 여러 차례 큰 공을 세웠으니, 만약 서기를 정벌하려면 이 사람이 아니면 안될 것입니다."

천자가 명을 내렸다.

"속히 백모와 황월을 보내 정벌의 책임을 맡게 하라. 관리를 즉시 파견하되 밤낮을 가리지 말고 달리게 하라."

사신 왕정王貞이 조서를 받들어 삼산관으로 향했는데, 말은 화살처럼 빨랐고 마음은 나는 듯이 급했다. 말은 가을볕이 따스해 달릴 만했다.

천자의 사신인 천사는 부府·주州·현縣·사司 등을 거쳐 하루도 채 안되어 삼산관에 이르렀다. 다음날 등구공의 처소에 나가자, 등구공은 여러 장수들과 더불어 향을 피워놓고 교지를 받들었다. 등구공이 조서를 펼쳐 읽어보니 다음과 같이 쓰여 있었다.

천자가 정벌하는 것은 원래 역적을 주벌하고 백성을 구해내기 위함이로다. 또한 대장은 오로지 변방에 몸을 두고서 천자를 대신하여 재난을 구해야 하노라. 그대 원융元戎 등구공은 삼산관에서 공을 쌓고 출입을 엄밀히 방비하여 변방에 근심이 없게 했으며, 악순鄂順의 반역무리들을 물리쳐 승전보를 알림이 매우 신속했으니 그 공적이 매우 크도다. 지금 회발의 무리가 무노하여 반역도당을 끌어모아 매우 방자하게 날뛰고 있도다. 짐이 누차 그 죄를 묻고자 군사를 보냈으나, 저들은 반항하여 천군天君을 욕보였으며 나라의 위엄을 크게 손상시켜 국법을 따르지 않음이 심하니 짐은 그것을 걱정스러워 하노라. 특별히 그대로 하여금 칙명을 받들고 나가기를 명하노니, 힘써 그 본거지를 소탕하고 괴수를 사로잡아 나라의 법을 바로잡는 데 힘쓰라. 그리한다면 짐은 작은 땅이나마 아끼지 않고 그 공에 보답할 것이니, 그대는 짐의 지극한 뜻을 저버리지 말라. 이에 그대에게 조서를 내리노라.

등구공은 다 읽고 나서 천사를 대접하고 직책을 인계할 사람을 기다렸다. 왕정이 말했다.

"새로 총사령관이 되신 공선(孔宣)이 곧 오실 것입니다."

하루도 채 안되어 공선이 도착했다. 등구공은 인계를 마친 뒤 장수를 점검하고 다음날 출병하기로 했다. 이때 보고가 들어왔다.

"한 난쟁이가 서찰을 가지고 왔습니다."

등구공이 원수의 막사로 들어오게 하여 쳐다보니, 키가 4·5척밖에 되지 않은 사람이 처마 밑에서 절을 하며 서찰을 올렸다. 등구공이 서찰을 펼쳐 읽어보니 신공표의 추천서였다.

'토행손은 원수의 휘하에서 힘써 일할 것입니다.'

등구공이 토행손을 살피니 인물은 보잘것이 없었.

'신 도형이 이번에는 실수를 했구나. 어찌하여 나를 진퇴의 기로에 빠뜨리는가? 그를 돌려보내고자 하나 신 도형이 괴이하게 생각할 것이고, 그를 기용한다면 규정에 어긋나니.'

한참 생각한 뒤에 마지못해 결정을 하게 되었다.

'좋다. 그를 삼군에 두어 군량을 조달케 하자.'

등구공이 입을 열었다.

"토행손! 신 도형이 그대를 추천하셨으니 내 어찌 감

히 부탁을 어길 수 있겠소? 후군에 식량이 모자라니 그대를 오군독량사五軍督糧使로 삼겠소."

군사 일에 어두운 토행손이 그저 머리를 조아리며 명을 받았다.

등구공은 태란太鸞을 정선행관正先行官으로 삼고, 아들 등수鄧秀를 부선행관으로 삼았다. 조승趙昇과 손염홍孫焰紅을 구응사救應使로 삼았으며, 딸 등선옥鄧嬋玉을 데리고 정벌에 나섰다. 등 원수는 인마를 정비하여 삼산관을 떠나 서쪽을 향해 출발했는데, 길 가득히 깃발이 당당하게 펄럭이며 살기가 등등했다.

등구공의 군대는 길을 떠나 한 달쯤 행군하여 마침내 서기에 도착했다. 정탐병이 중군에 들어와 보고했다

"원수께 아룁니다. 앞에 서기의 동문이 있으니 하명하소서."

"이곳에 주둔하려 하니 군영을 설치하라."

명을 받은 병사들은 즉시 팔괘의 방향에 따라 군영을 설치하고, 오방에 따라 깃발을 세웠다. 괴자마拐子馬는 울타리에 단단히 매어 있고, 연주포連珠砲는 중군을 빽빽이 보호했다.

한편 서기의 자아가 문 태사를 격파하고 나자 천하

의 제후들이 이에 호응했다. 그런데 갑자기 승상부로 보고가 들어왔다.

"삼산관의 등구공 부대가 동문에 주둔하고 있습니다."

자아는 보고를 듣고 여러 장수들에게 말했다.

"등구공은 어떤 사람이오?"

황비호가 곁에 있다가 아뢰었다.

"등구공은 뛰어난 장수감입니다."

자아가 웃으면서 말했다.

"장수감은 격파하기 쉬우나 좌도방문은 격파하기 힘든 법입니다."

등구공은 다음날 명을 내렸다.

"어느 장수가 먼저 서기에 가서 부딪쳐 보겠는가?"

군막 아래에서 선행관 태란이 "제가 가겠습니다"라고 대답했다. 그는 미처 말을 끝내기도 전에 본부의 인마를 이끌고 진세를 펼쳤다. 이어서 칼을 비껴들고 우레같이 소리를 지르며 돌진했다.

서기의 정탐병이 승상부로 뛰어들어 보고했다.

"한 장수가 싸움을 청하고 있습니다."

자아가 좌우를 돌아보며 물었다.

"누가 먼저 나가보겠소?"

남궁괄이 명을 받들었다.

함성을 지르면서 성을 달려나가 앞을 살피니, 얼굴빛은 게처럼 붉고 헝클어진 누런 수염에 오추마烏騅馬를 탄 장수가 보였다. 남궁괄이 크게 소리쳤다.

"다가오는 자는 누구냐?"

"나는 삼산관 등 총병 휘하에 있는 정선행관 태란이다. 지금 칙명을 받들고 서쪽 역적을 토벌하러 나섰다. 너희들은 신하의 절개를 지키지 아니하고 반역자들을 끌어모아 이유없이 반란을 일으켰다. 또한 조정대신들을 해치고 천사를 업신여겼으니 어찌 괘씸하지 않다 하겠느냐! 이제 천자께서 특별히 6사師에 명하시어 반역한 악의 무리를 소탕케 하셨다. 너희들이 말에서 내려 순순히 결박을 받는다면 조가로 압송하여 천자의 대법으로 다스리고, 도탄에 빠진 너희 백성들을 구해 줄 것이다. 하지만 만약 반역을 계속한다면 철저히 응징하리라."

남궁괄이 웃으면서 말했다.

"태란, 그대는 아는가? 문 태사며 마가魔家의 네 장수와 장계방張桂芳 등이 불타 죽거나 목 베어져 돌아가지 못한 사실을. 너희는 그들에 비하면 좁쌀 진주처럼 미미한 존재이니라. 그러니 파리처럼 날아봤자 갈 곳이 어디이겠느냐? 빨리 돌아가 죽음이나 면하라."

태란이 대노하여 자화류紫騮를 몰아 칼을 휘두르면서 공격해 왔다. 남궁괄이 말을 몰아 나서자 태란이 합선도合扇刀로 급히 막았다. 서로 부딪치니 싸움을 독려하는 북소리가 세차고 수놓은 깃발이 찢어질 듯 펄럭였다.

　　서로가 이리 뛰고 저리 뛰며 30여 합이나 싸웠다. 남궁괄은 말 위에서 기개 높게 도법刀法을 펼쳐보이고 정신을 가다듬어 기력을 모았다. 태란은 노기충천하여 두 눈을 부릅뜨고 "얍!"하는 소리와 함께 합선도를 내리쳤다.

　　남궁괄은 태란을 얕잡아보다가 그의 일격을 받았다. '앗, 위험하다!' 생각하며 급히 몸을 피했으나, 이미 칼이 어깨를 파고들어 갑옷의 절반이 잘려나갔다. 속에 입은 옷마저 팔꿈치까지 찢겨져 나갔다.

　　남궁괄은 혼비백산 크게 패하고 성 안으로 달아났다. 태란은 그 틈에 서주 병사들을 물리치고 진중에 돌아와 등구공에게 말했다.

　　"지금 남궁괄을 만나 한 판 승부를 겨루었는데, 남궁괄은 소장의 칼에 맞아 갑옷 어깻죽지가 잘려나갔으나 그의 목을 베지는 못했습니다. 이후의 일을 하명하소서."

　　"선봉에 나선 장수의 공이 뛰어나구나. 비록 남궁괄을 목 베지는 못했으나 이미 서주장수들의 기세는 꺾어 놓았도다."

한편 남궁괄은 승상부에 이르러 자아를 뵈었다. 싸움에 진 패장으로 군사를 잃고 명령을 욕되게 했다고 아뢰었다. 자아가 말했다.

"승패는 병가지상사兵家之常事'라 하지 않았습니까? 장수란 모름지기 기회를 살피는 데 힘써야 하니, 나아가서는 승리를 거두고 물러나서는 수비에 힘써 근심이 없게 해야 합니다. 이것이 바로 장수된 자가 해야 할 급선무가 아니겠습니까?"

다음날 등구공은 명을 내려 오방의 대오를 점검하고 군세를 갖추게 했다. 연이어 우레 같은 포성을 울리고 하늘을 뒤흔드는 함성을 지르게 하며 성 밑으로 돌진해 나갔다.

"자아는 나와서 내 말에 답하라!"

초병이 승상부에 보고하자, 자아는 신갑申甲에게 분부했다.

"먼저 일부병사들을 데리고 성을 나가 있으라. 내 친히 등구공을 만나리라."

서기 쪽에서 연주포連珠砲를 쏘며 두 쪽 성문이 열리고 한 무리의 병사가 쏟아져 나왔다. 등구공이 자세히 보니, 두 개의 붉은 깃발이 표표히 나부끼며 한 무리의 군사가 나와 대열 앞에 늘어섰는데 붉은 옷을 입은 장수가 선두에 섰다.

두번째 포성이 울리면서 또 두 개의 푸른 깃발을 휘날리며 한 무리의 군사가 나와 왼쪽에 도열했는데 푸른 옷을 입은 장수가 선두에 섰다.

세번째 포성이 울리며 흰 깃발을 드높이 앞세우고 한 무리의 인마가 나와 오른쪽에 도열했는데 흰 옷 입은 장수가 선두에 섰다.

등구공이 여러 장수들에게 말했다.

"강상이 병사를 부리는 것은 그 운용이 엄격하고 뛰어나다. 형세를 꽤나 잘 분별해내니 과연 장수의 재목이로다."

다시 쳐다보니 두 개의 검은 깃발이 나부끼며 한 무리의 인마가 나와 뒤편에 섰고 검은 옷을 입은 장수가 진두에 섰다.

또 살펴보니 중앙에서 황금색의 행황기杏黃旗를 앞세우고 한 무리의 인마를 이끌고 5방8괘의 깃발 아래 여러 문인들이 기러기 날개모양으로 대오를 갖추어 나타났다.

나선 스물네 명의 장수들이 모두 금빛 투구와 금빛 갑옷과 붉은 도포를 입었고 화극을 들고서 좌우로 나뉘어 열두 명씩 섰다. 그 가운데 사불상四不相을 단정히 탄 자아가 나타났는데 기개와 위엄이 가히 대단했다.

자아의 병사가 다섯 방위에 따라 도열한 모습은 나아가고 물러남에 여유가 있었다. 군대의 위엄이 엄하여 진세가 진실로 당당하고 깃발들도 가지런했다. 등구공은 자신도 모르게 고개를 끄덕이며 감탄했다.

"과연 헛된 말이 아니구나! 먼저 정벌에 나섰던 군사들이 패했던 것이 하나도 이상하지 않도다. 실로 막강한 적이로다!"

이어 등구공은 말을 몰아 앞으로 나아가 말했다.

"자아, 안녕하시오!"

자아가 몸을 숙여 대답했다.

"등 원수, 결례를 했소이다."

"희발이 무도하여 멋대로 날뛰고 있소이다. 당신은 곤륜산의 현명한 도사라 들었는데, 어찌하여 신하된 예의를 알지 못하오? 이렇게 반역하여 함부로 국법을 어지럽히고 반역도당들을 불러모아 작당을 하시오? 도대체 국법과 기강이 어디에 있단 말이오? 지금 천자께서 진노하여 군사를 보내 죄를 묻고자 하는데, 아직도 하늘을 거역하여 대적하려 하니 그대들은 반드시 크게 패하게 될 것이오. 또한 나라의 법도를 지키지 아니하니 이것은 스스로 죽음을 자초하는 짓이오. 급히 말에서 내려 결박을 받음으로써 도탄에 빠진 서기성 백성들을 구하도록 하시오. 만약 내 말에 반항이라도 하는 날이면 그때는 성은 파괴되고 몸은 사로잡혀 가루가 될 터이오."

자아가 웃으며 말했다.

"등 장군! 당신의 말은 무분별한 자가 하는 잠꼬대 같구려. 지금 천하가 주나라로 귀복하여 인심이 따르는지라, 여러 차례 정벌 왔던 군사들이 모두 패망하여 살아 돌아가지 못했소. 지금 장군의 부대에 장수는 열 명에 불과하고 군사도 2·3만이 채 안되니, 이것은 마치 양떼가 호랑이와 싸우고 계란으로 바위치기와 같은 짓이오. 이런 싸움에 패하지 않으리라 생각하시오? 내 소견으로는 속히 군사를 되돌려 천자께 이렇게 고하는 것이 낫겠소. 희주姬周는 결코 신하의 마음을 잃은 것이 아니라 다만 변방을 편안히 하고자 하는 것이니 진실로 훌륭한 일이라고 아니 할 수 없소. 만약 아직도 깨닫지 못한다면 문 태사의 전철을 되밟을 것이니 그땐 후회해도 늦을 것이오!"

등구공이 대노하여 여러 장수들에게 말했다.

"국수나 팔고 신발이나 짜던 이런 소인배가 감히 천자가 보낸 원수를 범하고 있으니, 이 어리석은 놈을 죽이지 않고서 어찌 일국의 장수라 할 수 있겠는가!"

말이 끝나기도 전에 말을 몰아 칼을 빼들고 돌진해

갔다. 자아의 왼쪽에 있던 무성왕 황비호가 타고 있던 오색신우를 몰며 달려나가 큰소리로 외쳤다.

"등구공, 무례하기 짝이 없도다!"

등구공은 황비호를 보자 큰소리로 욕설을 퍼부었다.

"이 역적놈! 감히 무슨 면목으로 나를 보느냐!"

두 장수의 칼과 창이 뒤엉켰다. 황비호의 창법은 용과 같았고 등구공의 검법은 호랑이와 같았다. 한바탕 큰 싸움이 벌어졌다.

그때 황비호가 등구공을 쉽게 이기지 못하는 것을 보자, 왼쪽 진영에 있던 나타가 참지 못하고서 풍화륜에 올라 창을 휘두르며 달려나왔다. 등구공 진영에서 등구공의 큰 아들 등수가 달려오자, 이쪽 편에서 다시 황천화가 옥기린을 몰며 싸움에 끼어들었다. 태란이 칼을 휘두르며 나오자, 무길이 창을 휘두르며 막아섰다. 조승이 방천극을 들고 달려나오자, 이쪽에서는 태전이 막아섰다. 등구공 진영에서 또 손염홍孫焰紅이 달려나오자, 반대 진영에서는 황천록이 대응했다.

두 쪽 진영이 서로 맞붙어 천지가 컴컴해지도록 싸웠지만 쉽게 승패를 가릴 수가 없었다. 둥둥! 북소리가 바쁘게 울려대고 쨍강쨍강! 양편에서 병기 부딪는 소리가 울려퍼졌다.

나타는 황비호를 도와 화첨창을 꼬나잡고 등구공을 공격했다. 등구공은 원래 싸움에 뛰어난 장수인지라 정신을 가다듬어 위세를 갖추고 큰 칼을 휘두르자 오히려 정신이 배나 맑아졌다. 나타는 등구공의 용맹한 모습을 보고 몰래 건곤권乾坤圈을 집어던져 등구공의 왼쪽 어깨에 명중시켰다. 등구공은 근육을 다치고 뼈가 바스러져 거의 말에서 떨어질 뻔했다.

서주병사들은 나타가 이긴 모습을 보고 함성을 지르면서 돌격해 나왔다. 태전은 조승이 입을 벌려 몇 길이나 되는 불을 뿜어내는 것을 피하지 못하고서 머리와 이마를 불에 데었고 자칫 말에서 떨어질 뻔했다.

등구공은 패하여 본영으로 돌아왔는데 다친 상처의 고통을 참을 길이 없었다. 그의 입에서는 쉴새없이 비명이 터져나왔다.

한편 자아는 성으로 들어와 태전이 상처입은 모습을 보고 가서 치료하도록 명했다.

그 후 등구공은 진영에 머물러 있으면서 주야로 불안해 했다. 딸 등선옥鄧嬋玉이 아버지의 상처를 보고 마음이 아파 아버지의 안부를 묻고서 아뢰었다.

"아버님께서는 몸조리를 잘하고 계십시오. 제가 가서 아버님의 원수를 갚겠습니다."

"애야, 모쪼록 조심해야 한다."

등선옥은 본부의 인마를 점검하고 성 아래로 나아가 결전을 청했다.

자아가 은안전에 나앉아 여러 장수들과 회합을 하는데 홀연 보고가 들어왔다.

"등구공 진영에서 계집 하나가 나와 결전하기를 청합니다."

보고를 들은 자아는 잠시 동안 조용히 앉아 있었다. 곁에 있던 무성왕이 말했다.

"승상께서는 천여 차례의 큰 대전에서도 일찍이 두려워하신 적이 없었는데, 지금 한 계집이 결전을 청해 왔다는 말을 듣고는 어찌 근심만 할 뿐 주저하십니까?"

자아가 말했다.

"용병을 하는 데 있어 세 가지 피해야 할 것이 있습니다. 도관의 도인, 불당의 스님, 그리고 부녀자들이지요. 이 세 종류의 인간들은 좌도左道사람이 아니면 술법을 지닌 자들입니다. 이들의 사악한 술법에 장수들이 다칠까 그것이 두려워 그렇습니다."

나타가 여장수와 교전하기를 청하며 나서자, 자아가

거듭거듭 조심하라는 당부를 했다. 그러면서도 자아에게는 장수를 아끼는 속마음이 더욱 큰 근심으로 이어졌다.

나타가 풍화륜에 올라 성을 나서자 과연 한 여장수가 말을 타고 다가왔다. 붉은 비단옷에 봉황장식을 머리에 달고 소상瀟湘지방에서나 나는 비단으로 허리띠를 만들어 장식했다. 한 조각 붉은 연꽃 같은 말등자를 밟고 있으니, 조그만 전족이 더욱 드러나 보였다. 또한 한 쌍의 비취빛 푸른 눈썹은 차라리 요염했다.

보면 볼수록 옥이 잔잔한 계곡 개울을 흐르는 듯했다. 한 마디로 입은 갑옷은 비길 데 없이 뛰어나 기이한 모습인데, 부끄러운 듯한 그 자태가 더욱 아름다워 차라리 연약해 보였다.

나타가 소리쳤다.

"장수는 서둘지 말라!"

등선옥이 물었다.

"다가오시는 분은 뉘시오?"

"강 승상 휘하의 나타라는 사람이다. 그대는 오체五體가 온전치 못한 여인인데 어찌 감히 진두에 나서서 용맹을 뽐내는가? 또한 그대는 깊은 규방에나 있을 연약한 몸인데 여인의 법도를 지키지 않고 얼굴을 드러내니 부끄러움도 모르는도다. 내가 생각건대 그대가 아무리 병법에 능통하다고 해도 내 손아귀에서 벗어나기 힘들 듯하니 빨리 돌아가 사내대장부를 나오게 하라."

등선옥이 대노하여 말했다.

"네놈은 자랑할 것이 오체밖에 없더냐? 우리 아버지를 다치게 한 이 원수놈, 어서 내 칼맛을 보거라!"

등선옥은 이를 갈며 분노에 찬 붉어진 얼굴로 쌍칼을 휘두르면서 돌진해 왔다. 나타의 화첨창이 급히 막아섰다. 그렇게 두 장수가 맞붙어 싸운 지 몇 합이 채 안되었을 때 등선옥이 생각했다.

'먼저 손을 쓰는 것이 유리하겠다.'

등선옥은 당하지 못하겠다는 듯 말에 박차를 가하면서 칼을 거두고 달아났다.

"내가 졌다. 그대를 당해내지 못하겠다!"

나타는 고개를 끄덕이며 말했다.

'과연 계집이로군. 네가 어찌 나를 당하랴!'

생각이 이에 미치자 나타는 추격을 더욱 재우쳤다. 거리가 꽤나 좁혀졌음직한 그때 등선옥이 몸을 돌려 나타가 쫓아오는 쪽을 향해 무엇인가를 꺼내 던졌다. 그것은 등선옥의 보기인 오광석장五光石掌으로 나타의 얼굴을 명중시켰다.

순식간에 나타의 얼굴은 마치 도료를 바른 듯 푸른

색과 자주색으로 멍이 들었다. 코와 눈도 마찬가지였다. 나타는 서둘러 승상부로 돌아왔다.

자아가 나타의 얼굴상처를 보고 자초지종을 묻자 나타가 허겁지겁 전후사실을 말했다. 곁에 있던 황천화가 웃음을 참으면서 말했다.

"계집을 추격할 때는 반드시 조심해야 하느니."

자아가 거들었다.

"몸이 전쟁터에 이를 때 장수된 자의 도는 반드시 눈으로는 사방을 살피고 귀로는 팔방의 소리를 듣는 데 있네. 그러하거늘 그대는 일개 아녀자의 돌멩이 하나도 막아내지 못했네그려. 코가 부러지고 얼굴을 다쳤으니 한 평생 모습이 추악할까봐 걱정이로군."

나타는 자아의 조롱에 부끄러워 얼굴을 들지 못했다. 그런데 또 황천화로부터 한바탕 비웃음을 받고 나니 나타의 노기는 부글부글 끓탕물이 되었다.

다음날 등선옥은 다시 싸움을 걸어왔다. 초병이 승상부에 보고하자 자아가 제장들을 돌아보며 물었다.

"누가 한번 나가보겠는가?"

황천화가 말했다.

"제자가 가서 나타 도형에게 상처를 입힌 계집의 얼

굴을 보고 오겠습니다."

"반드시 조심해야 하느니라."

황천화는 명령을 받자 곧장 옥기린에 올라 성을 빠져나갔다. 등선옥의 말이 나는 듯이 달려와 앞을 가로막으며 물었다.

"오시는 장수의 성명은 어찌되시오?"

"무성왕의 장남 황천화다. 너같이 하찮은 계집이 어제 나타 도형에게 상처를 입혔더란 말이냐? 너 잘 만났다. 내가 오늘 도형의 체면을 세워 줄 것이니 도망치지 말라!"

황천화가 철퇴를 들어 내리치자 등선옥은 쌍칼로 서둘러 막았다. 두 사람의 칼과 철퇴가 얽혀 몇 합 싸우지 않았을 때 등선옥이 말을 몰아 달아나면서 큰소리로 외쳤다.

"황천화, 네가 감히 나를 쫓아오겠는가?"

황천화는 잠시 생각했다.

'만약 쫓지 않는다면 나타가 아마도 나를 비웃겠지.'

황천화가 말을 몰아 추격하자, 등을 돌려 도망하던 등선옥은 뒤에서 쫓아오는 소리를 가늠하여 돌 한 개를 꺼내 집어던졌다. 황천화가 급히 몸을 피했다. 그러나 그 역시 등선옥의 돌을 피할 수는 없었다.

돌에 맞은 얼굴은 나타보다도 더 큰 멍이 들어버렸다. 황천화는 얼굴을 감싸안고 돌아와 복명했다. 자아는 황천화의 얼굴에 역시 커다란 멍이 든 것을 보고 그 까닭을 알겠다는 듯이 머리를 주억거렸다.

황천화가 울화가 터지는 한편 민망해 하자 나타가 얼른 앞으로 나와 말했다.

"장수라면 모름지기 눈으로는 사방을 살피고 귀로는 팔방의 소리를 들어야 하는데, 그대는 일개 계집장수에게마저도 실수하여 사람의 근본이랄 수 있는 콧마루와 안중이 그 모양이 되었으니 백 년 동안 재수가 없을 것이네!"

황천화가 심통이 터져 말했다.

"도형은 어찌 내 말을 따라 똑같이 놀리시오? 무심결에 한 말이었는데 그같이 작은 일에 꽁하고 있네!"

나타 또한 화가 나서 말했다.

"어제 그대가 나를 얼마나 모욕했는지 몰라서 하는 말인가?"

서로 다투자 자아가 한 마디 소리쳤다.

"그대 두 사람은 모두 나라를 위해 일하는 자들인데 좌중을 무시하고 어찌 이처럼 무례한가? 돌을 던진 등선옥이 이 꼴을 본다면 배꼽을 잡고 웃겠구먼!"

두 사람은 각기 부끄러워 뒷전으로 물러갔다.

한편 등선옥은 적장 두 사람을 곤죽을 만든 뒤 진영에 돌아와 부친을 뵙고 말했다.

"황천화를 격파하여 패주시켰습니다."

등구공은 딸의 연전연승 소식을 듣고 통쾌했으나 어깨의 통증은 여전했다.

다음날 등선옥은 또 성 아래에 이르러 결전을 청했다. 수문관이 또 승상부에 아뢰었다.

"등선옥이 성 아래에 와서 접전을 청합니다."

자아가 물었다.

"누가 나가 보겠는가?"

양전이 곁에 있다가 용수호龍鬚虎에게 말했다.

"이 여자는 돌로써 공격한다고 하니 사형께서 가시는 것이 좋겠습니다. 그럼 저는 진을 습격하지요."

자아가 허락하자 두 사람은 성을 나섰다. 등선옥이 바라보니 성 안에서 무엇이 나오는데 일찍이 보지 못하던 것이었다.

등선옥이 놀라 물었다.

"다가오는 것은 무슨 물건인가?"

화가 머리끝까지 치민 용수호가 말했다.

"이 천한 것! 나더러 물건이라니! 나는 강 승상 수하의 용수호다."

"물건 용수호는 무엇하러 오셨소?"

용수호가 살필 겨를도 없이 무작정 달려들었다. 용수호가 손을 힘껏 치켜들었다. 그러나 등선옥은 치켜든 손에 돌이 있는 것을 보지 못했다. 용수호는 곧 등선옥을 공격했다. 반석만한 돌덩이를 끌어올려 던지니 마치 돌덩이는 메뚜기 떼처럼 흩날려 사방에 먼지가 일어나면서 천둥소리까지 울렸다.

등선옥이 놀라 말에 박차를 가하여 달아나자 용수호도 뒤쫓았다. 등선옥이 고개를 돌려보니 용수호가 쫓아오는 것이 보였다. 이에 등선옥은 돌을 한 개 던졌다.

용수호는 돌이 날아오는 것을 보고 고개를 숙였으나 목이 길었으므로 미처 피하지 못하고 뒷목의 뼈에 명중되었다. 그럼에도 용수호는 얻어맞은 목을 비틀며 뛰어갔다.

등선옥이 다시 돌 하나를 던졌는데, 용수호는 발 하나로 서 있기 힘들었기 때문에 이번에도 얻어맞았다. 등선옥은 잽싼 동작으로 말고삐를 돌려 다가와 용수호의 목을 베려 했다.

土行孫立功顯耀

토행손이 공을 세워 빛을 드러내다

모습을 지켜보던 양전은 등선옥이 달려들어 용수호를 죽이려는 것을 보고 큰 소리로 외쳤다.

"우리 사형을 해치지 말라."

양전은 날듯이 말을 달려오면서 창을 휘둘렀다. 등선옥이 창으로 막았고 두 마리의 말이 서로 뒤엉킨 채 몇 차례 접전이 벌어졌다. 얼마 싸우지도 않아 등선옥이 도망가자 양전이 뒤를 쫓았다. 등선옥이 다시 돌을 던져 양전을 명중시켰으나 얻어맞은 얼굴에선 불똥만 튈 뿐 갈수록 거리는 좁혀졌다. 그녀는 양전에게 변화무쌍한 능력이 있음을 알지 못했다.

양전의 추격이 더욱 급해지자 그녀는 다시 돌 한 개를 집어던져 명중시켰으나 양전은 눈 한번 깜빡이지 않았다.

그때 양전이 효천견哮天犬이라는 개를 풀어놓자 등선옥의 목줄기를 물어뜯어 금방 살점 한 점이 잘려나갔다. 등선옥은 고통을 참지 못하여 버둥거리다가 하마터면 말에서 떨어질 뻔했다. 그녀는 혼신을 다하여 진영으로 퇴각했다.

한편 양전은 용수호를 구출하여 자아에게 돌아갔다. 자아는 비록 양전이 효천견을 풀어 등선옥에게 상처를 입히기는 했으나 용수호가 돌에 맞아 부상당하여 돌아온 것을 보자 마음이 즐겁지가 못했다.

그날 등구공 부녀도 상처가 심했다. 입에서는 끊임없이 신음소리가 흘러나오고 열 또한 불덩이같이 올랐다. 등구공의 수하 네 장수들이 진영에 모여 상의했다.

"지금 원수께서 저처럼 상처가 심중하여 승리를 거두기란 쉽지 않은 일이 되었으니 어쩌면 좋겠소?"

그렇게 한창 회합을 하던 도중에 보고가 들어왔다.

"독량관 토행손土行孫이 명을 기다립니다."

군막 안에서 전갈이 나왔다.

"들어오게 하라."

토행손이 군막에 들어가 돌아보았으나 원수가 보이지 않았다. 그가 까닭을 물으니 태란이 전후사정을 말해주었다. 토행손은 전막 안으로 들어가 등구공에게 문안인사를 하자 등구공이 말했다.

"나타에게 어깨를 다쳤는데 근육이 상하고 뼈가 부러져 치료조차 어렵네. 어지를 받든 정벌인데 이 같은 꼴이 될 줄이야 꿈엔들 생각했겠나."

"원수를 치료하는 것은 어려운 일이 아닙니다. 저에게 마땅한 약이 좀 있습니다."

등구공이 설마하며 미심쩍은 눈초리를 보내자, 토행손은 황급히 호리병 속에서 한 알의 금단을 꺼내 물에 개더니 새털에 적셔 상처에 발랐다. 그랬더니 일순간 감로수가 가슴을 시원하게 해주듯 등구공의 통증이 멎었다. 또 토행손이 들으니 군막 뒤에서 여인네의 신음소리가 들렸다.

"안에 누가 있습니까? 신음소리가 다급합니다."

"딸 선옥인데 또한 상처가 깊네."

토행손이 또 한 알의 금단을 꺼내 발라주니 일시에 그녀 또한 통증이 멎었다. 등구공은 크게 기뻤다. 밤늦도록 주연을 베풀어 토행손을 우대했다. 군막 안 여러 장수들도 함께 술을 마셨다.

토행손이 등구공에게 물었다.

"자아와 승부를 겨루어 보셨습니까?"

"여러 차례 싸웠으나 승리를 얻지 못했네."

토행손이 웃으며 말했다.

"원수께서 정벌에 따라오도록 제게 허락해 주셨으나 지금껏 군량미나 나르며 지냈습니다."

몸이 거뜬해진 등구공이 속으로 생각했다.

'어쩌면 이 사람에게 무슨 능력이 있는 것은 아닐까? 그렇지. 아무런 술수도 없는 자를 신공표가 나에게 천거하지는 않았을 게야. 좋다, 어디 한번 이 자를 시험해 보도록 하자.'

어느덧 주연이 끝나고 새벽이 되었다. 막료회의를 연 등구공이 태란에게 말했다.

"장군은 정선행관 직을 토행손에게 넘겨주시오. 그로 하여금 군권을 행사토록 할 참이오. 다행히 성공을 거둔다면 일찌감치 군사를 돌려 개선가를 부르게 될 것이오. 돌아가 황제의 복록을 함께 누리는 것도 좋지 않겠소?"

태란은 달갑지 않았다. 근본도 모르는 일개 독량관에게 선행관 자리를 내어준다는 게 어디 될 법한 말인가!

하지만 이미 한 차례 패한 바 있는지라 더 이상 머뭇거릴 수도 없었다.

"원수의 하명이신데 소장이 어찌 감히 거역하겠습니까? 하물며 토행손이 하루 빨리 공을 세울 수만 있다면 어찌 좋은 일이 아니겠습니까?"

토행손은 즉시 선행관의 패를 깃대에 받아걸고 서기성 아래로 달려갔다. 그는 큰 소리로 외쳤다.

"나타는 나와서 나를 맞이하라!"

이때 자아는 여러 장수들과 회합을 하고 있었는데 홀연 보고가 들어왔다.

"등구공 진영에서 한 장수가 나와 싸움을 청하는데, '나타는 나와서 나를 맞이하라!'고 외치고 있습니다."

자아가 허락하자 나타는 풍화륜에 올라 군진 앞으로 나아가 살펴보았다. 그렇지만 부른다던 장수는 보이지 않았다.

"누가 나를 불렀기에 벌써 꽁무니를 빼 달아났느냐?"

나타가 이렇게 말하며 다시 둘러보았지만 적장은 보이지 않았다. 키가 4척 남짓밖에 되지 않았기 때문에 바로 아래쪽의 토행손이 나타의 눈에 띄지 않았던 것이다.

토행손이 소리쳤다.

"다가오는 사람은 누구요?"

그제야 나타가 아래쪽을 살펴보니 키가 4척밖에 되지 않는 난쟁이 하나가 보였는데, 빈철곤賓鐵棍이라는 곤봉을 들고 있었다. 나타가 고개를 숙이며 물었다.

"너는 누구이기에 그런 몸으로 감히 예까지 와서 위세를 부리느냐? 말발굽에 다칠까 두렵구나."

토행손이 화를 버럭 내며 말했다.

"고얀 놈 같으니! 나는 등 원수 휘하의 선행관 토행손이라는 어른이시다. 칙명을 받들어 특별히 네놈을 잡으러 오지 않았겠느냐."

"그런 몸으로 복날 황구인들 잡겠는가?"

나타가 박장대소를 금치 못하며 창을 아래로 휘두르자 토행손은 몽둥이로 위를 향해 막았다. 나타는 풍화륜에 올라 창을 휘둘렀다. 토행손은 키가 작은지라 앞뒤로 내달리며 다른 사람이 한 걸음 뗄 때 예닐곱 걸음을 옮겨야 했다.

토행손은 온몸이 땀에 흠뻑 젖도록 끈질기게 나타를 공격했다. 한참을 싸우다가 한 길 가량 물러서더니 토행손이 크게 소리쳤다.

"나타야! 네놈은 크고 이 어른은 작으니 공격하기가 어째 그렇구나. 그러니 수레랑은 치우고 승부를 가려보자구나."

나타가 속으로 생각했다.

'저 키 작은 꼬맹이 놈이 스스로 죽음을 자초하는구나.'

나타는 그의 말에 따라 급히 수레에서 내려와 창을 들어 공격했다. 토행손은 창을 피하며 작은 키로 철퇴를 휘둘러댔다. 어느 틈엔가 철퇴가 나타의 넓적다리에 날아들어 명중했다. 나타가 급히 몸을 돌리자 토행손은 또 어느 틈엔가 뒤쪽으로 다가들어 나타의 사타구니를 공격했다.

"어이쿠쿠, 이런 고얀 놈이 참으로 지저분하게 덤비는구나!"

그렇지만 워낙 작은 토행손이 마치 땅에 달라붙은 듯이 덤벼들기 때문에 쉽사리 공격할 수 없었다. 나타는 사태가 급해지자 건곤권으로 공격하려 했으나 토행손이 던진 곤선승綑仙繩 포승줄을 피하지 못했다.

토행손은 한 차례의 기합소리와 함께 나타를 공중으로 낚아채서 원문에 내동댕이쳤다. 마침내 나타는 꽁꽁 묶이고 말았다.

토행손은 승리를 거두고 진영에 돌아와 등구공에게 보고했다. 군졸들이 나타를 떠메고 들어와 군막 밖에 내려놓았다. 등구공은 나타를 참수형에 처하려 했다가 가만히 생각해 보았다.

'조칙을 받들고 서쪽 땅으로 정벌 와서 지금 대장 하나를 사로잡았으니, 조가로 압송하여 천자로 하여금 판결을 내리게 하면, 천자의 위세가 더욱 높아지고 또한 천군원수인 나의 용맹도 드러날 것이다.'

그는 명을 내렸다.

"나타를 후군진영에 가두어두어라."

다시 군정사로 하여금 토행손의 뛰어난 공적을 기록하게 하고, 전공을 축하했다.

한편 정탐병이 승상부에 와서 나타가 사로잡혀간 일을 알리자 자아는 깜짝 놀라 그에게 물었다.

"어떻게 사로잡혔느냐?"

약진관掠陣官이 아뢰었다.

"한 줄기 금빛이 번쩍하더니만 곧 공중으로 잡혀 올라갔습니다."

자아는 깊이 한숨을 쉬면서 '또 어떤 기이한 자가 온 것일까?' 생각하며 괴이쩍어했다.

다음날 아침 보고가 들어왔다.

"토행손이 싸움을 청합니다."

자아가 말했다.

"누가 토행손과 대적해 보겠는가?"

단 아래에 있던 황천화가 그 말을 듣자마자 나섰다.

"제가 가겠습니다."

자아가 허락하자 황천화는 옥기린에 올라 토행손을 향해 크게 소리쳤다.

"조무래기 짐승 같은 놈, 감히 우리 도형을 해쳐?"

황천화가 다짜고짜 손에 든 철퇴로 그의 정수리를 향해 내리치자 토행손은 빈철곤으로 이리저리 막아냈다. 철퇴가 곤봉을 내려치니 찬바람이 쌩쌩 일었고, 곤봉이 철퇴를 공격하니 살기가 등등했다.

아직 몇 차례 싸우지 않았을 때 토행손은 스승 구류손에게서 훔친 곤선승을 꺼내들었다. 토행손은 앞뒤 잴 것도 없이 다시 황천화를 사로잡아 나타처럼 또 후균진영에 가두었다.

나타는 황천화마저 이처럼 잡혀오는 꼴을 보고 깜짝 놀랐다. 천화는 삼시신三尸神이 곤두설 정도로 화가 치밀어 소리쳤다.

"어처구니없이 또 이와 같은 일을 당했으니 몸인들 위험치 않으랴!"

나타가 말했다.

"사형께서는 조급해 하지 마시오. 사지에 몰릴 운명이라면 조급해 해도 소용이 있겠소? 그러나 만약 다시 살아날 운명이라면 잠시 참아봅시다."

　한편 토행손이 두번째 승리를 얻자 등 원수는 그의 어깨를 토닥이면서 공을 치하했다. 이어 베풀어진 술자리가 질펀했고 그런 가운데 시각이 2경쯤 되었다.
　그때 토행손은 술김에 자신의 도술을 큰소리로 떠벌이며 자랑했다.
　"원수께서 일찍 소장을 등용했더라면 자아와 무왕까지도 벌써 사로잡힌 몸이 되었을 것입죠."
　등구공은 토행손이 연이어 두 차례나 승리를 거두어 장수들을 사로잡은 것을 보았으므로 그 말을 깊이 믿었다. 3경쯤에 이르자 여러 장수들은 각기 숙소로 돌아갔고 오직 토행손만이 아직도 술을 마시고 있었다. 이때 등구공이 그만 실언 아닌 실언을 하고 말았다.
　"토 장군, 그대가 만약 서기西岐를 격파한다면 그대를 사위로 삼겠네."
　토행손은 이 말을 곧이곧대로 믿고 기쁨에 들떠 잠마저 이루지 못했다. 그의 눈앞에는 등선옥의 아리따운 자태가 하늘하늘 아른거렸다.
　다음날 토행손은 진을 배열한 다음 자아에게 나와서 답하라고 청했다. 수문관이 승상부에 보고하자 자아는 즉시 성을 나왔고 여러 장수들도 양편에 늘어섰다. 토행손이 뛰어나와 큰소리로 외쳤다.

"자아 영감! 영감은 곤륜의 고수라지? 내가 특별히 영감을 잡으러 왔으니 일찌감치 말에서 내려 포박을 받지그러서. 그래야 이 몸이 괜한 고생을 하지 않아도 되지 않겠어?"

도열해 있던 여러 장수들은 키가 4척밖에 안되는 그를 업신여겨 일제히 큰소리로 웃었으나 자아는 그렇지가 않았다.

"그대 모습을 보니 의관을 제대로 꾸릴 수가 없겠구려. 그대는 무엇에 능하기에 감히 나를 잡으러 왔는가?"

토행손이 다짜고짜 빈철곤 곤봉으로 얼굴을 향해 내리치자 얼결에 자아가 칼을 들어 막았으나 그를 밀어내지는 못했다. 이처럼 15합쯤 싸웠을 때 토행손이 곤선승으로 공격했다. 자아가 어찌 이 재난을 피할 수 있겠는가? 그만 곤선승에 묶여 말에서 떨어졌다.

토행손의 사졸들이 떠메어 오려고 일시에 달려나갔으나, 자아 편의 많은 장수들이 또한 황급히 달려나와 간신히 구출하여 성 안으로 돌아갔다. 오직 뒤에 남아 있던 양전만이 한 줄기 금빛을 보았는데, 그 빛을 사용하는 술법이 올바르고 그릇되지 아니하여 탄식했다.

"참으로 괴이한 일이로구나!"

여러 장수들이 승상부로 돌아와 자아를 묶은 밧줄을 풀려 했으나 풀리지 않았다. 그래서 칼로 끊으려 했지만, 그러면 그럴수록 밧줄은 옥조이며 살 속을 파고들어 단단하게 조여들 뿐이었다.

자아가 말했다.

"칼로써는 자를 수 없겠다."

소식을 들은 무왕이 깜짝 놀라 승상부로 달려와서 친히 자아를 문안했다. 자아의 이와 같은 모습을 보고 무왕은 눈물을 흘리며 말했다.

"나에게 무슨 죄가 있기에 천자께서는 이와 같이 여러 해 동안 정벌하시는가? 결국 편안할 날 없이 백성들은 괴로움을 당하며 군사들은 죽임을 당하고 장수들은 함정에 빠지니, 이 일을 어찌해야 좋단 말인가! 상보相父께서 지금 또 이와 같은 괴로움을 당하시니, 내가 밤낮으로 걱정하고만 있어야 하는구려!"

양전이 곁에 있다가 이 밧줄을 자세히 살펴보니 곤선승 같았다. 그래서 혼자 생각에 잠겼다.

'이 보물은 곤선승이 틀림없어.'

한참 생각에 잠겨 있을 때 갑자기 보고가 들어왔다.

"한 도동道童이 와서 승상을 뵙고자 청합니다."

자아가 말했다.

"들어오시게 하라."

그 사람은 다름 아닌 백학동자였다. 동자가 전막 앞으로 나아가 자아를 뵙고 말했다.

"사숙, 노 사부께서 명을 내리시며 부인符印을 보내셨는데 이것으로 밧줄을 풀라 하셨습니다."

동자가 밧줄 끝에 가져온 부적을 대고 손가락으로 짧은 기합을 넣자 거짓말처럼 밧줄이 풀렸다. 자아는 급히 곤륜 쪽을 향해 고개 숙여 절하며 사형의 은혜에 감사했다. 백학동자는 즉시 궁으로 돌아갔다. 양전이 자아에게 말했다.

"이 밧줄은 곤선승입니다."

자아가 깜짝 놀라 말했다.

"어찌 그럴 리가! 설마 구류손이 나를 해치려 했을까? 결코 그럴 리 없다!"

자아는 한동안 의혹에 잠겼다.

다음날 토행손이 또 와서 싸움을 청하자 양전이 곧장 나서며 말했다.

"제자가 가겠습니다."

자아가 분부했다.

"조심하라!"

명을 받들고 양전이 말에 올라 창을 휘두르며 성을 나가니 토행손이 물었다.

"네놈은 뭐하는 놈여?"

"그대는 무슨 도술로 우리 스승을 포박했는가? 그것이 알고 싶구나!"

양전이 창을 휘두르며 달려가자 토행손은 몽둥이로 맞섰다. 창과 몽둥이가 마구 엉켜 싸우고 있는 도중에 양전은 먼저 그의 비밀을 주의 깊게 살펴보았다. 5, 6합을 싸우다가 토행손은 곤선승을 쳐들어 양전을 겨누었다. 잠시 동안 빛이 찬란하게 빛나더니 양전은 이미 사로잡힌 몸이 되었다.

토행손은 사졸들에게 명하여 양전을 옮기게 했다. 그런데 사졸들이 군문에 이르자 무슨 소리가 나면서 무엇이 땅에 떨어졌다. 사졸들이 살펴보니 돌덩이였다. 너도 나도 입이 헤벌어질 뿐이었다. 토행손이 직접 살펴보았지만 그도 역시 놀랄 뿐 한동안 아무 말도 하지 못한 채 바라보고 있었다. 그때 갑자기 양전이 나타나 큰 소리로 외쳤다.

"이 덜떨어진 놈! 감히 이 따위 도술로 나를 현혹시키려 들어?"

그 말과 함께 창을 겨누며 달려들자 토행손도 서둘

러 몸을 돌려 맞섰다. 양전이 급히 효천견을 공중에 풀어놓았으나 토행손은 몸을 굽히는 듯하더니 즉시 보이지 않게 되었다. 양전이 보고 놀라 말했다.

"등구공 진영 안에 어찌 이 같은 자가 있단 말인가? 이 자를 다루기가 보통 어려운 게 아니겠구나."

한동안 근심스런 얼굴빛으로 망설이다가 양전은 승상부로 돌아가 자아를 뵈었다. 양전의 얼굴색을 살피던 자아가 그 까닭을 묻자 양전이 말했다.

"서기에 근심거리 하나가 더 생겼습니다. 토행손은 지행술地行術에 뛰어나니 어찌하면 좋습니까? 이것은 반드시 막아야만 할 근심거리인데 막을 수가 없겠습니다. 만약 그 자가 몰래 성 안으로 들어온다면 어찌 방비해야 할지 방법을 모르겠습니다."

"그런 일이 있을 수 있는가?"

"전날 그 자가 사숙을 사로잡은 것은 제자가 보건대 곤선승 같았습니다. 오늘 제자가 그 밧줄에 사로잡혔을 때 주의 깊이 살폈더니 필시 곤선승이었습니다. 추호도 의심할 바가 없습니다. 제자가 협룡산夾龍山 비룡동飛龍洞에 가서 한번 여쭙고 오는 것이 어떻겠습니까?"

"길이 멀어 염려스럽고 또 그가 곧 성 안으로 들어올 것에 대비해야 하는데 어찌할꼬?"

이에 양전은 감히 다시 말하지 못했다.

한편 토행손이 진영으로 되돌아와 등구공을 만나니 등 원수가 물었다.

"오늘은 누구를 이겼는가?"

토행손이 양전을 사로잡았던 일을 한바탕 이야기했다. 등구공이 말했다.

"장군덕택에 이같이 큰 공을 이룰 수 있소."

토행손이 마음속으로 생각했다.

'아니야, 오늘 밤 안으로 성에 들어가 아예 무왕을 죽여버리고 강상을 잡아들여 일찌감치 혼인을 한다면 얼마나 좋을까!'

토행손은 곧 군막으로 들어가 아뢰었다.

"원수께서는 근심치 마시지요. 제가 오늘 밤 서기성으로 들어가 무왕과 강상을 처치하고 두 사람의 목을 베어 오죠. 그러니 천자께 공치사하는 일만 생각하시죠. 서기는 머리 없는 뱀과 같이 자연히 와해되고 말거구먼요."

"어떻게 성 안으로 들어갈 수 있는가?"

"옛날 저의 사부께서 땅 밑으로 다니는 술법을 전수해 주셨죠. 땅 밑으로 순식간에 천 리는 갈 수 있으니, 성 안으로 들어가는 일쯤이야 식은 죽 먹기죠."

등구공은 크게 기뻐하며 주연을 베풀어 토행손의 공을 치하했다. 토행손은 밤 늦은 시각에 서기로 잠입하여 무왕과 자아를 암살하러 떠났다.

한편 자아는 승상부에서 토행손의 일을 근심하고 있었는데, 그때 홀연 일진광풍이 몰아쳤다. 그 바람에 장군기가 두 동강으로 부러졌다. 자아는 황급히 제단을 마련하여 향을 불사르면서 팔괘로 길흉을 점쳤다. 자아는 금전金錢을 늘어놓고 점을 쳐보더니 곧 벌어질 일을 알아차렸다. 그는 크게 놀라 외쳤다.

"위험하구나!"

그는 좌우에 명했다.

"급히 전갈을 보내 무왕을 승상부로 납시게 하라!"

여러 문인들이 황급히 그 까닭을 물으니, 자아가 대답했다.

"양전의 말이 매우 일리가 있었네! 방금 바람이 몹시 흉흉하여 점을 쳤더니 토행손 그 자가 오늘밤 성 안으로 들어오리라는 징조일세. 그 자가 틀림없이 왕을 암살하려 들 것이네."

이에 명했다.

"승상부 앞대문에는 3면으로 된 거울을 내걸고, 대전

위에는 5면으로 된 거울을 내걸어라. 오늘 밤 모든 장수들은 흩어지지 말고 승상부 안에서 엄중히 수비하라. 모름지기 화살은 활시위에 먹이고 칼은 칼집에서 뽑아 전투태세를 갖추고 대비하라."

잠시 뒤, 여러 장수들이 준비를 갖추고 은안전에 모였을 때 보고가 들어왔다.

"대왕의 행차이십니다."

자아는 황급히 여러 장수들을 이끌고 수레를 맞이했다. 왕이 물었다.

"상보께서 짐을 오라 청했는데 짐에게 무슨 할 일이라도 있는 것이오?"

"신이 오늘 여러 장수들에게 『육도六韜』를 훈련시켰기에, 특별히 대왕께서 납시어 주연을 즐기시도록 청한 것입니다."

『육도』는 자아가 지은 병서인데, 문도文韜·무도武韜·용도龍韜·호도虎韜·표도豹韜·태도太韜 등 6권으로 되어 있다.

무왕이 크게 기뻐했다.

"상보께서 이토록 노고가 크시니 짐이 감격하지 않을 수 없구려. 다만 전란이 빨리 끝나 상보와 함께 안락함을 누리기만을 바랄 따름이오."

자아는 급히 좌우신하들에게 명하여 연회석을 마련

케 한 뒤 왕을 모시고 함께 술을 마시면서 군대와 나라의 중대사를 걱정했다. 그러나 토행손이 공격해 올 것이라는 이야기는 감히 하지 못했다.

한편 등구공은 수하들과 늦도록 술을 마시다가 시각이 초경初更에 이르렀다. 토행손이 등구공과 여러 장수들에게 인사하고 인원을 점검하여 서기성으로 나아갔다. 등구공과 여러 장수들이 일어나 배웅했는데, 토행손은 몸을 굽히는 듯하더니 어느 틈엔가 종적없이 사라져 버렸다. 등구공은 손뼉을 치면서 즐거이 말했다.

"천자의 크나큰 복이로다. 이렇듯 뛰어난 사람이 나라를 보필하러 왔으니 어찌 평안치 못함을 근심하겠는가?"

토행손은 즉시 서기로 잠입하여 자아의 승상부에 이르렀다. 그러나 그 곳에는 여러 장수들이 화살을 활시위에 먹이고 칼을 칼집에서 뽑아 싸울 태세를 갖춘 채 양쪽으로 늘어서 있었다.

토행손은 땅 밑에서 한참을 기다리며 살폈으나 손을 쓸 수가 없었으므로 다만 기회를 엿보고 있을 수밖에 없었다.

한편 양전이 은안전에 올라가 자아에게 몇 마디 귓

속말을 했다. 자아는 곧 그것을 허락했다. 자아는 먼저 무왕을 밀실로 모시고 네 명의 장수로 하여금 호위하게 했다. 그리고 자아는 은안전에 앉아 자신의 원신元神을 운용시켜 스스로를 보호하고 있었다.

토행손은 땅 아래에서 한동안을 기다렸다. 그러나 시간이 지나도 도통 방비가 소홀해지지 않았다. 그는 마음이 조급해져서 스스로 생각했다.

'그럼 좋다! 먼저 궁으로 들어가 무왕을 죽이고 다시 와서 자아를 죽이더라도 늦지 않겠지.'

토행손은 승상부를 떠나 궁성을 찾아갔는데, 몇 걸음 가지 않아 갑자기 한 가닥 생황소리가 들렸다. 고개를 들어 살펴보니 이미 궁성 안이었고, 무왕은 비빈들과 함께 음악을 들으면서 술을 마시고 있었다. 토행손이 보고 매우 기뻐했다. 그가 속으로 말했다.

"소가죽신발이 다 닳도록 찾아다녀도 찾을 수 없더니, 별로 힘도 들이지 않고 우연히 찾게 되었네."

토행손은 기쁨을 감추지 못한 채 슬그머니 그 아래 땅 밑에서 기다렸다. 무왕이 말했다.

"자, 음악을 그쳐라. 지금 천자의 군대가 성 아래에 이르러 군사와 백성들이 난리를 겪고 있으니 그만 술자리를 거두지 않을 수 없구나. 궁으로 돌아가 쉬도록 하자."

두 편의 궁인들이 수레를 따라 궁으로 들어갔다. 무왕은 여러 궁인들에게 물러가라고 이른 뒤 왕비와 함께 침소에 들었다. 한 시각도 채 안되어 곧 코고는 소리가 들려왔다.

토행손이 땅을 뚫고 위로 올라왔는데 그때까지 붉은 등이 아직 꺼지지 않았으므로 온 방안이 환했다. 토행손은 칼을 들고 용상에 올라 휘장을 걷었다.

무왕은 눈을 감은 채 몽롱하게 단잠에 빠져 있었다. 토행손은 단칼에 무왕의 목을 베어 침대 아래로 집어던졌다. 다시 옆자리 왕비를 쳐다보니 아직도 눈을 감은 채 깊은 잠에 취해 있었다. 왕비의 얼굴은 복사꽃 같이 아리땁고 아련한 향기마저 코를 찌르는지라, 토행손은 자기도 모르는 사이에 욕정이 일었다. 이에 크게 소리쳤다.

"너는 누구이기에 아직도 잠만 자고 있느냐?"

왕비가 잠에서 깨어나 깜짝 놀라며 물었다.

"당신은 누구기에 야심한 시각에 여기에 있느냐?"

"나는 다른 사람이 아니라 등구공 막하의 선행관 토행손이다. 왕은 이미 내 손에 죽임을 당했다. 너는 살고 싶으냐, 죽고 싶으냐?"

토행손의 무지막지한 닦달에 왕비의 말투는 삽시간에 바뀌었다.

"저는 한낱 아녀자에 불과합니다. 죽여도 쓸모없는 존재인 첩의 생명을 가련히 여겨 살려주신다면 그 은혜는 하늘에 닿을 것입니다. 만약에 천첩의 모습이 추악하게 여겨져 버리신다면 모르거니와 거두어 첩으로 삼으신다면 장군의 손이 되어 모시겠습니다. 그리 해주신다면 가슴 속 깊이 새겨 잊지 않겠습니다."

토행손의 원래 마음은 평범한 사람에 불과했으니 어찌 애욕을 버릴 수 있었겠는가? 마음속으로 기뻐하면서 말했다.

"그럼 좋다. 만약 네가 진정으로 원한다면 잠시 운우의 정을 나눈 뒤 너를 풀어주리라."

여자가 들더니 만면에 가득 웃음을 짓고는 백 번이라도 응낙하리라 다짐하는 듯했다. 토행손은 곧 날아갈 듯한 마음으로 침대에 올라 이불 속으로 들어가니 이내 정신이 아득해졌다. 참지 못한 토행손이 막 여자를 끌어안으려는데 그 여인이 도리어 두 손으로 토행손을 꽉 끌어안았다. 숨도 제대로 쉬지 못할 지경으로 억세게 끌어당겼다.

"이것 좀 놓으시오! 숨이 차오."

토행손이 간신히 그렇게 말하자 갑자기 그 여자가 큰소리로 호령했다.

"이 어리석은 놈! 너는 나를 누구로 알았더냐?"

그러면서 좌우에게 명하여 "토행손을 묶어라!" 하자, 힘센 장사들이 달려들고 한편으로는 밖에서 삼군이 함성을 지르며 징과 북을 일제히 울렸다.

토행손이 여인이라 생각했던 사람을 쳐다보니 곧 양전이었다. 토행손은 이미 옷을 홀딱 벗은 상태였으므로 몸부림도 치지 못하고 양전에게 사로잡혔다. 또 돌아보니 웬 나무토막이 나뒹굴어 있었다. 그제야 토행손은 자기가 나무토막을 베었음을 알았다. 이미 때는 늦은 뒤였다.

양전은 토행손을 옆구리에 끼고 걸었다. 그는 결코 토행손을 땅에다 내려놓지 않았다. 내려놓으면 곧 땅 속으로 숨어들어 도망칠 것이기 때문이었다.

토행손은 차마 부끄러워 눈을 감아버렸다.

한편 은안전에 있던 자아는 쇠북소리가 울리고 함성이 진동하자 좌우에게 물었다.

"어디서 나는 함성이냐?"

수문관이 승상부에 들어와 보고했다.

"승상께 아룁니다. 양전이 지혜로써 토행손을 사로잡아 이곳에 이르렀습니다."

자아가 뛸 듯이 기뻐했다.

"들게 하라."

양전은 발가벗은 토행손을 허리춤에 끼고 전문 앞에 이르렀다.

자아가 행색을 살피더니 양전에게 물었다.

"사로잡은 일은 성공했다만 어찌 이 꼴인가?"

양전이 토행손을 허리춤에 낀 채 대답했다.

"이 자는 땅속으로 다니는 술법이 뛰어납니다. 만약 그를 내려놓으면 또다시 땅 속으로 달아나버릴 것이 분명합니다."

자아가 명했다.

"끌고 나가 목을 베어라!"

양전이 명을 받고 승상부에서 나올 때 자아가 형전刑箭을 내주었다. 형전은 형의 집행을 승인하는 화살모양의 수기手旗이다.

양전이 손을 바꾸어 칼을 뽑으려는 찰나 토행손이 땅을 향해 발버둥쳤다. 양전이 급히 잡았을 때는 발가벗은 토행손이 이미 도망쳐 버린 뒤였다. 양전은 어리둥절 어찌할 바를 모르다가 자아에게 돌아와 말했다.

"제자가 손을 바꾸어 그의 목을 베려는 찰나 그가 발버둥쳐 땅속으로 도망쳐 버렸습니다."

자아는 듣고서 아무 말도 하지 않았다.

한편 겨우겨우 살아나 진영으로 돌아온 토행손은 서둘러 옷을 바꿔 입고 본영에 이르러 하명을 기다렸다.

"들어오라!"

명을 받들어 토행손이 군막 앞에 이르자 등구공이 물었다.

"장군은 어젯밤 서기에 갔었는데 일은 어찌되었소?"

"자아가 물샐틈없이 방비하여 조금도 손을 쓸 수가 없었습니다. 그래서 날이 밝을 때까지 기다리다가 빈손으로 돌아왔습니다."

등구공은 지난밤의 일을 알지 못했으므로 아쉬웠지만 어찌할 도리가 없었다.

한편 양전은 전에 올라 자아를 뵙고 말했다.

"제자가 선산仙山의 동굴집에 갔다오겠습니다. 토행손이 어떤 사람이며 곤선승은 또 어찌 얻게 되었는지 알아보겠습니다."

"네가 이곳을 떠난 것이 알려지면 토행손이 또 습격해 올까 두렵구나. 일이 급박하니 오래 머무르지 말라!"

"제자, 잘 알겠습니다."

양전은 명을 받들고 서기를 떠나 협룡산夾龍山으로 향했다.

土行孫歸伏西岐

토행손이
서기로 귀순하다

양전은 토둔법을 써서 협룡산으로 갔다. 한참 둔광遁光을 타고 바라보니 바람소리에 구름이 사방 가득 자욱하여 참으로 명산이었다.

앞으로 나가 살펴보니 길 양편으로 모두 아름드리 고목과 굽은 소나무가 어우러져 있었다. 그 사이 깊숙한 곳으로 길이 나 있는데 아득하여 찾아들기 힘들 듯했다. 몇십 보를 걸어가니 다리 하나가 보였다. 양전이 그 다리를 건너니 집이 한 채 보였다.

푸른 기와 밑으로 조각한 처마와 금못을 박은 붉은

문이 달려 있었다. 문 위에는 '청란두궐靑鸞斗闕'이라 쓰인 현판이 눈에 띄었다. 양전은 감탄해 마지않으며 소나무 그늘 아래에서 맑고 그윽한 경치를 감상하고 있었다.

잠시 뒤 붉은 대문이 열리더니 난새와 학 울음소리가 들리면서 여러 명의 선동仙童들이 나타났다. 각기 깃발과 깃털로 만든 부채를 들었는데, 그 한가운데에 한 명의 여도사가 있었다. 여도사는 붉은 바탕에 흰 학이 수놓인 비단옷을 입고 있었다. 그녀가 천천히 양전 쪽으로 다가왔다.

솔숲에 숨어 있던 양전은 불쑥 나서기가 뭣하여 그들이 지나가기만을 기다렸다. 그때 도사가 좌우 여동자들에게 물었다.

"웬 사람이 숲속에 숨어 있지? 가서 살펴보아라."

한 여동자가 숲을 향해 다가오자 양전이 앞으로 나서며 말했다.

"도형, 방금 실수로 이 산에 들어왔습니다. 저는 옥천산 금하동 옥정진인玉鼎眞人의 문하인 양전입니다. 지금 자아 사숙의 명을 받들어 기밀을 알아보러 협룡산에 가던 중이었는데, 뜻하지 않게 토둔법을 잘못 사용하여 이곳에 떨어졌습니다. 바라건대 도형께서 도사께 잘 좀 말씀해 주십시오. 직접 나서서 죄를 청하기가 거북합니다."

여동자가 숲에서 나와 여도사에게 양전의 말을 그대로 고했더니 도사가 말했다.

"이미 옥정진인의 문하라고 말했다 하니 만나뵙자고 청하여라."

양전이 하는 수 없이 앞으로 나아가 예의를 갖추자 여도사가 말했다.

"양전, 당신은 어디를 가던 길인데 이곳에 이르렀소?"

"토행손이라는 자가 등구공과 함께 서기를 정벌하러 왔는데, 그 자는 지행술을 행할 줄 압니다. 며칠 전 무엄하게도 그가 무왕과 자아를 해치려 했기에, 지금 그 자의 근본을 캐보고 그 전적을 알아본 연후에 방법을 강구하기로 하고 방법을 강구중이었습니다. 그런데 뜻하지 않게 이 산중에 떨어졌는지라 엉겁결에 몸을 숨긴 것입니다."

"토행손은 구류손의 문인이오. 그대가 토행손의 사부에게 하산토록 청하면 모든 일이 해결될 것이오. 서기로 돌아가거든 자아에게 안부를 전해 주시오. 그리고 속히 돌아가도록 하시오."

양전은 몸을 굽히며 물었다.

"낭랑의 존함은 어찌되십니까? 서기로 돌아가면 낭랑의 은덕을 잘 말씀드리겠습니다."

"나는 호천상제의 친딸로 요지瑤池의 금모金母 소생이오. 어느 해인가 반도회蟠桃會가 열렸을 때 내가 술을 올릴 차례였는데 규정을 어겨 계율을 범했기에, 봉황산 청란두궐로 귀양오게 되었소. 내가 바로 용길龍吉공주요."

양전은 몸을 숙여 공주에게 인사하고 토둔법으로 길을 갔다. 차 한 잔 마실 시간도 채 안되어 또 저지 습지대의 못가로 떨어졌다. 바라보니 못에서는 광풍이 일고 있었다.

양전은 광풍이 험하게 일어나고 구름으로 천지가 어두워지고 못물이 두세 길씩 솟구쳐 오르는 것을 보았다. 그러더니 갑자기 물이 갈라진 곳에 한 괴물이 있었다. 시뻘겋게 딱 벌린 큰 입에 강철로 된 칼과 같은 이빨을 한 괴물이었는데, 그 괴물이 고함소리 같이 큰 소리로 중얼거렸다.

"어디에서 살아 있는 인간의 기척이 있었는데?"

고함소리와 함께 언덕으로 뛰어오른 괴물은 두 손으로 쇠스랑을 휘두르며 공격해 왔다. 양전이 웃으면서 소리쳤다.

"이 못된 놈! 어찌 감히 이와 같은가?"

창을 들어 맞섰다. 몇 차례 접전하지 않았을 때 양전이 손을 들어 오뢰결五雷訣을 사용했다. 오뢰결의 큰소리가 울리면서 벽력이 내리치자 그 정령精靈은 못 당하겠다는 듯이 몸을 돌려 달아났다.

양전은 곧 그 뒤를 쫓았다. 잠시 후 산허리에 이르자 커다란 석굴이 보였는데 요괴는 잽싸게 그 속으로 몸을 숨겼다. 양전이 웃으며 말했다.

"다른 사람이라면 모르겠으나 나는 네가 어떤 곳에 숨더라도 쫓아갈 수 있단다, 요놈아!"

양전이 "얍!" 하고 소리치면서 뒤쫓아 석굴 안으로 들어갔다. 석굴 안은 한 치 앞도 볼 수 없을 정도로 어두웠다. 양전이 삼매화안三昧火眼을 빌어 밝게 비추니, 사방이 대낮같이 밝아졌다.

굴 안은 꽤나 넓었는데, 그 한쪽 끝으로 길이 나 있었다. 좌우를 둘러보니 다만 번쩍번쩍 빛나는 삼첨양인도三尖兩刃刀가 하나 있었고 그 위에 보자기 하나가 묶여 있었다. 양전이 그 칼을 들어 보자기를 풀어보니 담황색 도포 한 벌이 보였다.

양전이 도포를 펼쳐 입어보니 길지도 짧지도 않게 딱 맞았다. 삼첨양인도와 창을 한데 묶고 황색 도포를 수습하여 막 몸을 일으키려는데, 뒤에서 고함소리가 들렸다.

"도포 도둑놈을 잡아라!"

양전이 고개를 돌려보니 두 명의 동자가 쫓아나오고

있었다. 양전이 서서 물었다.

"동자, 누가 도포를 훔쳤단 말인가?"

"바로 당신이오."

양전이 크게 소리쳤다.

"내가 너의 도포를 훔쳤다고? 이 나쁜 놈들! 내가 도를 닦은 지가 몇 년인데 어찌 도둑질을 하겠는가!"

두 동자가 물었다.

"당신은 뉘시오?"

"나는 옥천산 금하동 옥정진인의 문하인 양전이다."

두 동자가 그 말을 듣더니 땅에 엎드려 절하면서 말했다.

"스승께서 오신 것을 몰라뵙고 맞이하는 데 실례를 저질렀습니다."

"두 동자는 누구인가?"

"제자는 오이산五夷山 금모동자金毛童子입니다."

"그대가 이미 나를 스승으로 모셨으니, 그대는 먼저 서기로 가서 강 승상을 찾아뵙고 내가 협룡산으로 갔다고 전하도록 하라."

금모동자가 말했다.

"혹시 강 승상께서 받아들이지 아니하면 어쩌지요?"

"그대들이 이 창과 칼과 도포를 모두 가지고 가면 아

무 일이 없을 것이니라."

두 동자는 사부에게 인사하고 수둔법을 빌어 서기로 향했다. 금모동자는 서기에 이르러 승상부를 찾아가 수문관에게 말했다.

"승상께 우리 두 사람이 뵈러왔다고 전해 주시오."

수문관이 들어가 승상께 아뢰었다.

"두 명의 도동이 뵙고자 합니다."

"들어오게 하라."

두 동자가 들어와 자아를 뵙고 절했다.

"제자는 양전문하인 금모동자입니다. 저희 스승님을 우연히 길에서 만났는데 칼과 도포를 얻으신 까닭에 먼저 제자를 보내셨습니다. 지금 사부님은 협룡산으로 가셨습니다. 특별히 큰 스승께 배알 드립니다."

자아가 말했다.

"양전이 또 문인을 얻었다니 심히 기쁘도다."

자아는 그들을 본부에 남겨두고 일을 하게 했다.

한편 양전은 다시 토둔법으로 협룡산 비룡동을 향했다. 그는 곧장 동굴로 들어가 구류손을 만나 절을 하며 말했다.

"사백師伯!"

구류손이 급히 답례하며 말했다.

"무슨 일로 왔는가?"

"사백께서는 곤선승(捆仙繩)을 잃어버리지 않으셨습니까?"

구류손이 황망히 일어나며 말했다.

"그대가 어찌 아는가?"

"토행손이라는 자가 등구공과 함께 서기를 정벌하러 왔는데, 곤선승을 사용하여 자아 사숙의 문인들을 천자 진영으로 잡아갔습니다. 제자가 그것이 곤선승이라는 것을 간파했기에 특별히 사백을 모시러 왔습니다."

구류손이 듣고 노하여 말했다.

"토행손, 이 짐승 같은 놈! 감히 나 몰래서 보물을 도적질하여 제멋대로 하산하더니 이처럼 해악을 끼치는구나! 양전, 그대는 먼저 서기로 돌아가게. 내가 곧 뒤따르겠네."

협룡산을 떠난 양전이 곧바로 서기로 돌아와 승상부로 가서 아뢰자 자아가 물었다.

"그것이 곤선승이 확실하던가?"

양전은 금모동자를 만나 제자로 삼은 이야기, 청란두궐에 잘못하여 들어갔던 이야기, 구류손을 만난 이야기 등을 아뢰었다.

자아가 말했다.

"기쁘게도 그대가 제자를 또 얻었더군!"

"인연은 정해져 있는 것인가 봅니다. 지금 칼과 도포를 얻은 것은 모두가 사숙의 큰 덕과 주상의 큰 복에 힘입은 것이 아닐 수 없습니다."

한편 구류손이 종지금광법縱地金光法을 써서 서기에 도착했다. 좌우 신하들이 자아에게 보고했다.

"구류손 선사께서 오셨습니다."

자아가 승상부 밖에까지 마중나갔다. 두 사람은 서로 손을 잡고 전으로 올라 예를 갖추고 앉았다.

자아가 말했다.

"도형의 제자가 우리 군사들을 여러 차례 이겼으나 나는 그가 누군지 몰랐습니다. 후에 양전이 간파해냈기에 하는 수 없이 도형을 한번 오시도록 청한 것입니다. 도형께서 지난날 연등燃燈도형을 도우신 것처럼 또 한 차례 도움을 주신다면 천만다행이겠습니다!"

"내가 십절진十絶陣을 격파하고 돌아간 뒤로 이 보물을 점검해 보지 못했는데, 그 짐승 같은 놈이 훔쳐서 이처럼 괴이한 짓을 할 줄 어찌 알았겠소? 걱정하지 마시오. 반드시 사로잡을 수 있을 것이오."

구류손이 조목조목 예를 들어가며 계책을 말하자 자

아는 몹시 기뻤다.

　다음날 자아는 혼자서 사불상을 타고 등구공 진영의 군문 앞으로 나아가 그 본영을 바라보았는데, 마치 염탐이라도 하는 듯한 모습이었다. 진영을 순찰하던 초병이 중군에 들어가 보고했다.
　"원수께 아룁니다. 강 승상이 말을 타고 군문 앞에 와서 염탐하고 있는데, 어찌된 까닭인지 이유를 알 수 없습니다."
　"자아는 공격과 수비에 뛰어나고 군사 일에 통달했으니 방비하지 않을 수 없다."
　옆에 있던 토행손이 매우 기뻐하면서 말했다.
　"원수께서는 안심하십시오. 제가 오늘 사로잡아 공을 이루겠습니다."
　토행손은 몰래 군문을 나가 크게 소리쳤다.
　"강상! 네놈은 남의 진영을 염탐하고 있으니 오늘은 네놈이 죽을 날이로다. 어디 도망쳐 보아라!"
　곤봉을 들어 머리를 향해 공격하자 자아가 급히 검으로 맞섰다. 세 합이 채 못되어 자아는 사불상의 머리를 돌려 달아났다. 토행손은 뒤를 쫓다가 곤선승을 던져 자아를 사로잡으려 했다. 그는 구류손이 금광법으로 공중에 숨어서 그를 잡으려는 획책을 알지 못했던 것이다.

토행손은 오직 자아를 사로잡아 등선옥과 혼인하는 데만 정신이 팔려 있었다. 이것은 바로 애욕이 사람을 홀려 본성이 어두워짐을 보여주는 일이다. 그리하여 앞뒤를 살펴보지도 않고 그저 곤선승만 던졌으며, 곤선승이 얼마 남았는지도 염두에 두지 않았다.

그렇게 한사코 자아를 쫓다가 얼마 못 가서 밧줄을 다 써버렸다. 그는 손으로 더듬어 보고서야 밧줄이 떨어진 것을 알았다. 놀란 토행손은 형세가 불리한 것을 알고 그 자리에 멈춰 섰다.

자아가 사불상의 머리를 돌리면서 크게 소리쳤다.

"토행손, 여기까지 왔으니 다시 싸워보는 게 어떠냐?"

토행손은 대노하여 곤봉을 들고 쫓아갔다. 막 성사퀴를 넘으려는데 구름 위에 숨어 있던 구류손이 말했다.

"토행손, 어디로 가느냐?"

토행손은 머리를 들어 살펴보니 사부였다. 그는 곧장 땅 밑으로 파고들려 했다. 구류손이 손가락으로 가리키며 "도망치지 말라!"고 하자, 그 땅은 강철보다 더 단단해져서 파고들 수가 없었다.

토행손이 여기저기 몇 번 더 시도해 보았으나 마찬가지였다. 구류손이 쫓아와 토행손의 정수리를 움켜잡고 곤선승으로 팔과 다리를 한데 묶어 메고는 서기성으로 들어갔다. 여러 장수들은 토행손을 사로잡은 것을 알고 일제히 승상부로 몰려들었다. 구류손이 토행손을 땅에 내려놓자 양전이 말했다.

"사백, 조심하십시오. 또 도망치지 않게!"

구류손이 말했다.

"내가 여기에 있는 한 걱정할 것 없네!"

다시 토행손에게 물었다.

"이 짐승 같은 놈! 내가 십절진을 격파하고 돌아간 뒤 이 곤선승을 점검해 보지 않았더니 네놈이 훔쳐갔을 줄 어찌 알았으랴! 솔직히 말해라. 누가 너에게 시켰느냐?"

토행손이 머리를 조아리며 말했다.

"사부님께서 십절진을 격파하러 가신 뒤, 제자가 산에 올라 한가롭게 있었죠. 그때 호랑이를 타고 온 한 도인을 만났습죠. 그 도인이 저의 이름을 묻기에 제가 말해주었습죠. 그리고 저도 그에게 이름을 물었더니 천교 문인 신공표라 했습죠. 그가 말하기를 '너는 도를 이루어 신선이 되기 힘들 듯하니 인간세상의 부귀영화를 누리는 것이 낫겠다'고 하면서, 나에게 문 태사 진영으로 가서 공을 이루라 했습죠. 제자는 가지 않으려 했죠만 그가 저를 삼산관 등구공 휘하에서 공을 세우라고 천거하는 바람에 그만. 사부님, 제자가 잠시 욕심에 빠져 있었나 봅니다. 부귀는 모든 사람이 원하는 바이고 가난하고 천한 것은 모든 사람이 싫어하잖아요. 돌아보니 사부님의 곤선승과 두 병의 단약丹藥이 보이잖아요. 제자도 잠시 어리석은 생각이 들더군요. 그래서 이처럼 훔쳐 속세로 내려왔습죠. 사부님! 제발 제자를 한번만 용서해 주세요!"

자아가 곁에서 말했다.

"도형, 이 짐승 같은 놈이 우리 교에 먹칠을 했으니 속히 목을 베어 그 대가를 치르게 하십시오!"

"만약 무지스럽게 잘못을 범한 것만을 논한다면 응당 목을 베야지요. 그러나 이 자는 심성이 착하고 또 자아공이 이후 다른 곳에 쓸 일이 있을 것이오. 아마도 서기를 돕는 데 큰 힘이 될 것이오."

"도형께서 그에게 지행술을 전수해 주어 은혜를 베풀었으나 그는 나쁜 마음을 먹고 몰래 성 안으로 들어와 무왕과 저를 해치려 했습니다. 그러나 하늘의 도우심으로, 바람이 깃발을 꺾기에 제가 놀라 길흉을 점쳐보고 방비하여 우리 군신들이 아무 걱정이 없었던 것입니다. 만약 조금이라도 늦었더라면 어찌했겠습니까? 그리고 이번 일에 양전의 계획에 힘입어 토행손을 사로잡기도 했었는데 그가 교활하게 도망가 버렸습니다. 이러한 놈을 남겨두어 어쩌시렵니까?"

자아가 말을 끝마치자 구류손이 매우 놀라며 황급히 전각에서 내려가 꾸짖었다.

"이 짐승 같은 놈! 네가 성 안으로 숨어들어 무왕과 너의 사숙을 해치려 했단 말이지? 그때 다행히 아무 일도 없었기에 망정이지 만약 조금만 늦었더라면 죄가 나에게까지 미칠 뻔했도다!"

토행손이 말했다.

"제가 사존께 사실대로 말씀드리죠. 제자가 등구공을 좇아 서기로 정벌온 뒤, 첫번째로 사부의 곤선승 덕에 나타를 사로잡았고 두번째로 황천화를 사로잡았더니, 등 원수가 저에게 공이 크다고 부추기더군요. 그리고 세번째로 저 양반을 사로잡았습죠."

"이놈! 그래도 말이 그 모양이냐? 자아 도우는 네놈의 사숙이 되시는 것도 몰랐더란 말이지."

"어쨌거나요. 제가 여러 차례 계속 이름난 사람들을 사로잡는 것을 보고 등 원수가 말하기를 '너를 사위로 삼겠다'고 하면서 저를 꼬드기잖아요. 그래서 저는 부득이 지행술을 써서 무왕을 죽이려 한 것이죠. 어찌 감히 사부님 앞에서 한 마디라도 거짓을 말하겠어요."

구류손은 고개를 숙이고 한번 가만히 점을 쳐보더니 감탄을 금치 못했다. 자아가 말했다.

"도형께서는 어찌하여 감탄하십니까?"

"자아 도우, 방금 내가 점을 쳐보니 이 짐승 같은 놈과 그 애는 연분이 있소이다. 이것은 전생에 정해진 것으로 우연한 일이 아니오. 만약 중간에 사람을 넣어 중매를 서게 하면 혼인이 성사될 수 있겠소. 그 애를 오게 한다면 그 아비도 오래지 않아 서주의 신하가 될 것이오."

"나와 그 자는 서로 원수지간인데 어찌 그런 일이 이루어지겠습니까?"

"무왕은 크나큰 복이 있으시고 도가 있으신 군주이시오. 운명이 이미 정해진 것이니 이루어지지 잃을까 걱정하지는 마시오. 다만 언변에 능한 사람을 뽑아 등구공 진영으로 가서 중매하게 하면 꼭 이루어질 것이오."

자아가 고개를 숙이고 한동안 생각한 뒤 말했다.

"그렇다면 산의생 대부를 보내면 될 것입니다."

"이미 이렇게 되었으니 지체해서는 안될 것이오."

자아가 좌우에게 명했다.

"상대부 산의생에게 상의할 일이 있으니 오시라고 여쭈어라."

그리고 이어서 명했다.

"토행손을 풀어주어라."

얼마 안되어 상대부 산의생이 와서 예의를 갖추었다. 자아가 말했다.

"지금 등구공에게 선옥이라는 딸이 있는데 등구공이 친히 토행손의 아내로 허락했답니다. 지금 번거롭겠지만 대부께서 그 진영으로 가서 중매를 서주셔야 하겠습니다. 완곡하게 주선하여 반드시 이루어지도록 힘써 주시기 바랍니다."

자아는 산의생에게 계책을 일러주었다. 산의생은 명을 받고 성을 나섰다.

한편 등구공은 진영에서 토행손이 돌아오기만을 기다리고 있었는데, 토행손은 한번 가더니 아무 연락도 없었다. 정탐병을 보내 알아보게 한 지 한참 만에 보고가 들어왔다.

"토행손은 자아에게 잡혀 끌려갔답니다."

등구공이 깜짝 놀라 소리쳤다.

"이 사람이 잡혀갔다면 서기를 어찌 이길 것인가!"

등구공은 실로 낙담했다.

子牙設計收九公

자아가 계책을 세워
등구공을 거두다

산의생이 등구공 진영으로 가서 기문관旗門官에게 말했다.

"원문轅門장교는 그대의 등 원수에게 알리시게. 기주岐周에서 파견된 상대부 산의생이 일이 있어 뵙기를 청한다고 말일세."

기문관이 중군에 들어가 보고했다.

"기주에서 파견된 상대부라는 사람이 일이 있다면서 뵙기를 청합니다."

등구공이 말했다.

"나와 그는 대적한 처지인데 어찌하여 나를 보자고 한다더냐? 틀림없이 와서 감언이설을 늘어놓을 게 뻔하니, 어찌 그를 진영에 들여놓아 군사들의 마음을 미혹시키도록 놔두겠느냐? 너는 그에게 '양국이 지금 한창 전쟁 중이니 서로 만나지 않는 것이 좋겠다'고 말하라."

군정관이 진영을 나와 산의생에게 그 말을 전하자 산의생이 말했다.

"양국이 서로 싸우더라도 사신왕래는 막지 않는 법이니, 서로 만나는 것이 무슨 해가 되리오? 내가 여기에 온 것은 강 승상의 명을 받들어 직접 만나보고 결정할 일이 있어서인지라 다른 사람을 통해 전할 수 없으니, 번거롭겠지만 다시 통보해 주게."

기문관이 하는 수 없이 다시 진영으로 들어가 산의생의 말을 등구공에게 전했다. 등구공이 한동안 생각에 잠겨 있을 때, 옆에 있던 선행관 태란이 앞으로 나서며 말했다.

"원수! 그를 들어오게 하여 이번 기회에 그가 어떻게 말을 하는지 살펴보도록 하십시오. 그 중에서 취할 만한 일이 있을지도 모르는데 어찌하여 안된다고만 하십니까?"

"그 말에도 일리가 있도다."

마침내 좌우에 명하여 산의생을 들어오게 했다. 전

갈을 받은 상대부가 말에서 내려 원문을 걸어들어왔다. 그가 세 겹으로 된 가시나무 울타리를 지나 적수첨滴水簷 앞에 이르자, 등구공이 나와 맞았다. 산의생이 몸을 굽히며 "원수!" 하고 인사하자 등구공이 말했다.

"대부께서 이렇게 왕림하셨는데 영접함에 실례가 많았소이다."

서로 겸양하며 예의를 마쳤다. 두 사람이 중군으로 들어가 손님과 주인의 예에 따라 앉자 등구공이 먼저 말했다.

"대부! 당신과 나는 대적한 처지로 아직 자웅을 가리지도 못했으며 피차 각기 다른 주장을 모시고 있으니, 어찌 사사로움을 좇아 망령되이 의논할 수 있겠소? 대부께서 오늘 이렇게 오셨으나 공은 공이고 사는 사이니 쓸데없는 말을 늘어놓아 왕래하신 수고를 헛되게 하지 마시오. 나의 마음은 철석과도 같아서 죽음이 있을 따름이니 결단코 허황된 말에 동요되지 않을 것이오."

산의생이 웃으면서 말했다.

"나와 원수께서는 이미 대적한 처지인데 어찌 감히 쓸데없는 일로 만나겠습니까? 다만 한 가지 중대한 일이 있어서 특별히 명확한 의견을 청하러 온 것이며 다른 뜻은 없습니다. 어제 장수 한 명을 사로잡았는데 다름 아닌 원수의 사위였소. 그를 심문하던 중에 이러한 사실을 알아내게 되었습니다. 우리 승상께서는 차마 그를 극형에 처하여 인간세상의 은애恩愛를 끊어버릴 수가 없다 생각하여 나로 하여금 원문으로 가서 특별히 공의 결정을 청하도록 명하셨습니다."

등구공은 들더니 자기도 모르게 크게 놀라며 말했다.

"도대체 나의 사위가 누구인데 강 승상에게 사로잡혔단 말이오?"

"원수께서 모르신다니 이치에 당치 않는 말씀이십니다. 사위는 바로 토행손입니다."

등구공은 이 말을 듣자마자 얼굴이 온통 붉어져서 벌컥 화를 내며 성난 목소리로 말했다.

"대부는 들으시오. 나에게는 오직 딸이 하나 있는데 아잇적 이름이 선옥嬋玉이며 일찍이 어미까지 잃은 아이오. 나는 그 아이를 손바닥 안의 구슬처럼 애지중지 키웠는데, 어찌 함부로 아무 사람에게나 허락하겠소? 지금 성년이 되어 사위 되겠다는 자가 진실로 많기는 하나 내가 보기에 모두 훌륭한 사윗감은 아니었소. 그런데 토행손이 누구이기에 망령되이 그런 말을 하는 것이오?"

"원수께서는 잠시 노기를 가라앉히시고 내가 고하는 말을 좀 들어보십시오. 옛사람은 남녀를 짝지을 때 원래 문벌만을 따지지는 않았습니다. 지금 토행손은 또한 이름 없는 소인배가 아니며, 굳이 근본을 따지자면 협룡산 비룡동 구류손 문하의 수제자입니다. 그런데 신공표가 자아와 사이가 좋지 않음을 빌미로 일부러 토행손에게 하산하도록 꾀어내어 원수님을 도와 서기를 정벌하라고 했습니다. 어제 그의 사부께서 하산하여 토행손을 붙잡아놓고 그간의 일을 추궁했더니, 그가 말했습니다. 비록 신공표에게 속기는 했지만 다만 원수께서 따님을 허락하여 인연을 맺어주신다 하셨기에 원수를 위하여 서기성으로 몰래 들어가 자객질을 함으로써 속히 공을 이루고자 한 것은 진심이었다고 말입니다. 그가 어제 이미 사로잡혔으니 군법상 단죄를 받는 것은 억울할 게 없겠지요.."

산의생은 말을 이었다.

"그러나 그가 강 승상과 그의 사부인 구류손에게 재삼 애걸하면서 '인연을 위해서는 죽더라도 눈을 감지 못하겠다'고 말했습니다. 물론 강 승상과 그의 사부는 모두 용서하려고 하지 않았지만 내가 옆에서 권유했습니다. '어찌 한때의 과오로 인간세상의 경사를 끊어버릴 수가 있겠습니까?' 그래서 강 승상께 그를 잠시 살려두라고 권했습니다. 내가 이렇게 수고를 마다 않고 특별히 원수를 뵙고서 부디 인간세상의 경사를 맺게 해주십사 간청하니, 딸아이의 은정을 잘 이루어 주시는 것도 또한 원수의 천지간 부모된 마음이 아니겠습니까? 그래서 내가 죽을 자리도 피하지 않고 특별히 존안을 뵙고서 결정을 청하는 것입니다. 만약 원수께서 과연 그런 일이 있었다면 강 승상께서는 토행손을 원수께 돌려보내 혼인을 맺게 하신 뒤에 다시 자웅을 가릴 것입니다. 그밖에 다른 말은 결코 없습니다."

"대부는 모르시는 말이오. 그것은 토행손의 망언일 뿐이오. 토행손은 신공표가 추천한 자로서 나의 선행관이 되었지만 군문의 일개 말장에 불과한데 내가 어찌 가벼이 딸아이를 허락했겠소? 그는 이것을 빌미로 목숨을 구하려는 계책으로 삼아 나의 딸을 욕보이려는 수작에 불과할 뿐이오. 대부는 경솔하게 그대로 믿어서는 안될 것이오."

"원수께서 한사코 부인하실 필요는 없습니다. 이 일에는 반드시 다른 연유가 있을 것입니다. 설마 토행손이 까닭없이 그런 말을 했겠습니까? 거기에는 틀림없이 곡절이 있을 것입니다. 내가 생각건대 원수께서 혹시 주연을 베풀어 그의 공을 치하하거나 그의 재주와 기량을 칭찬했을 때, 지나가는 말로 그의 마음을 위안했던 것인데 그가 망령되게도 그 말을 진실로 여기고 이러한 어리석은 생각을 품게 된 것은 아닐는지요?"

등구공은 산의생의 이러한 말에 속마음을 드러내면서 자기도 모르게 대답했다.

"대부의 말씀이 참으로 옳소이다. 토행손이 신공표의 추천을 받아 나의 휘하에 들어왔을 당시에는 나 역시 그를 그다지 중히 여기지 않았소. 그래서 처음에 그를 부선행독량사로 삼았었는데, 나중에 태란이 패했을 때 그가 능력을 발휘했으므로 정선행관正先行官으로 삼았소. 그는 첫 싸움에서 나타를 사로잡고 두번째로 황천화를 사로잡고 세번째로 자아를 사로잡았으나, 기주의 여러 장수들에게 도로 빼앗기고 말았소. 토행손이 진영으로 돌아왔을 때 나는 그가 여러 차례 출전하여 승리하는 것을 보고 주연을 베풀어 그의 공을 치하하면서 공신功臣에게 포상하는 조정의 지극한 뜻을 말해 주었소. 그런데 술을 마시는 도중에 그가 '원수님! 일찍이 이 말장을 선행관으로 삼으셨더라면 내가 서기를 함락시킨 지 오래 되었을 것입니다'라고 말했는데, 그때 나는 술에 취한 바람에 실수하여 '그대가 만약 서기를 함락시키면 내 딸 선옥을 그대에게 시집보내겠노라'고 허락했소. 허나 그것은 어디까지나 그가 힘을 다하도록 독려하여 정벌의 일을 일찍 완수하고자 한 것이었소. 그런데 지금 그는 이미 사로잡힌 처지에 어찌 망령되이 그 말을 구실삼아 대부를 왕래하게 할 수 있단 말이오?"

산의생이 웃으면서 말했다.

"원수의 말씀은 잘못되었습니다. 대장부가 뱉은 한 마디 말은 사방에 흩어져 네 마리의 말이 쫓더라도 따라가기 어렵습니다. 하물며 혼인의 일은 인륜지대사인데 어찌 아이들의 농담쯤으로 여길 수 있겠습니까? 전날 원수께서 하신 말씀을 토행손이 믿었고 토행손이 한 말을 또한 천하사람들이 모두 믿었으므로, 나라 안팎으로 그 말이 널리 전해져 사람들이 모두 믿으니, 이른바 '길 가는 행인의 말일지라도 비석에 새긴 글과 같다'는 것입니다. 장차 원수께서 따님을 그에게 시집보낸다면 누구든지 원수께서 제시하신 임기응변의 계책이 국가를 위하여 행한 부득이한 충정에서 나온 것이라고 믿을 것이지만, 만에 하나 이 일을 다소 미루어 성사시키지 않는다면, 천금 같은 원수의 약속은 애깃거리가 되고 규중의 아름다운 규수는 사람들의 입에 오르내리게 될 것입니다. 그리하여 따님은 백발이 될 때까지 한탄하게 될 것입니다. 내가 생각건대 원수께서는 참 딱하게 되었습니다. 지금 원수는 천자의 대신으로 천하의 삼척동자까지도 명을 받들지 않음이 없는데, 진실로 하루아침에 이렇게 되었으니 나는 무어라 드릴 말씀이 없습니다. 청컨대 원수께서는 잘 헤아리십시오."

등구공은 산의생의 말을 듣고 나서 묵묵히 한참을 생각했으나 마땅히 대답할 말이 없었다.

그때 태란이 앞으로 나와 등구공의 귀에다 대고 하나의 계책을 말했다. 등구공은 태란의 말을 듣고 얼굴에 희색을 띠면서 말했다.

"대부의 말씀이 매우 지당하여 내가 따르지 않을 수 없소이다. 다만 내 딸아이는 일찍이 어미를 여의었기 때문에 어려서부터 예절이 바르지 못하오. 또한 내가 비록 이 자리에서 말씀을 따르긴 합니다만 딸아이가 기꺼이 그 말을 늘을 것인지 아직 모르겠소. 그러니 내가 이러한 뜻을 딸아이와 함께 논의한 뒤에 다시 사람을 보내 회답하도록 하겠소."

산의생이 성에 들어와 등구공이 한 말을 처음부터 끝까지 한바탕 얘기하자 자아가 크게 웃으면서 말했다.

"등구공이 아무리 꾀를 쓴다 해도 어떻게 나를 속일 수가 있겠는가!"

구류손도 웃으면서 말했다.

"어디 한번 어떻게 나오는지 살펴봅시다."

자아가 말했다.

"상대부는 수고하셨습니다. 등구공이 사람을 보내오기를 기다렸다가 다시 상의토록 합시다."

이에 산의생은 물러갔다.

한편 등구공이 태란에게 말했다.

"방금 전에 비록 잠시 허락하기는 했으나 이 일을 결국 어떻게 처리해야 좋겠는가?"

"원수께서는 내일 언변에 능한 사신 한 명을 보내 이렇게 말하게 하십시오. '어제 원수께서 후영後營으로 가서 아씨와 상의했는데 아씨께서 이미 허락하셨습니다. 그러나 양국은 대적지간이라 믿을 만하지 못하니, 강 승상께서 친히 우리 진영으로 오셔서 빙례聘禮를 갖추신다면 아씨께서도 기꺼이 믿을 것입니다.' 자아가 만일 오지 않으면 그때 가서 다시 계책을 세우면 될 것이고, 만약에 그가 직접 와서 빙례를 갖추려 한다면 틀림없이 무장한 호위병을 데리고 오지는 않을 것이니, 그렇게 된다면 손쉽게 필부 한 명을 사로잡을 수 있을 것입니다. 또한 만약에 그가 부하장수들을 데리고 온다면, 원수께서는 원문까지 나가 영접하시고 중군에서 주연을 베풀어 그 수하의 여러 장수들을 붙들어 놓으십시오. 그리고 미리 날쌔고 용감한 병사들을 매복시켰다가 술자리에서 술잔을 치는 것을 신호삼아 그들을 사로잡는다면 마치 주머니 속의 구슬처럼 쉽게 처리할 수 있을 것입니다. 만일 서기에 자아가 없게 된다면 공격하지 않아도 스스로 무너질 것입니다."

등구공은 그 말을 듣고 크게 기뻐하며 말했다.

"선행관의 말은 실로 신출귀몰의 계책이로다! 다만 언변에 뛰어나고 임기응변에 능한 사람은 내가 보기에 선행관이 아니면 안될 것 같으니 번거롭더라도 선행관이 내일 친히 간다면 큰일을 이루게 될 것이오."

"진실로 원수께서 이 말장을 재주없다 여기지 않으신다면, 원컨대 제가 서주진영으로 가서 자아로 하여금 직접 중군으로 오도록 해보겠습니다."

등구공이 크게 기뻐했다.

다음날 태란은 등구공에게 작별을 고하고 서기성 아래에 이르러 수문장에게 말했다.

"나는 선행관 태란인데 등 원수의 명을 받들고 강 승상을 뵙고자 하니 번거롭겠지만 통보해 주시게."

성을 지키는 관리가 승상부에 이르러 보고했다. 자아가 듣고 나서 구류손에게 발했다.

"대사를 이루게 되었소이다."

구류손도 마음속으로 기뻤다. 자아가 좌우에 명하여 그를 속히 들여보내라 하자, 태란이 성큼 성에 들어왔다. 자아가 구류손과 함께 계단을 내려가 영접하자, 태란이 공손히 몸을 굽히면서 말했다.

　　"승상! 말장은 일개 군졸에 불과한지라 예의상 당연히 배알해야 하는데, 어찌하여 승상께서 이렇듯 과분하게 저를 맞이하십니까?"

　　"두 진영은 피차간에 모두 손님과 주인이니 장수는 지나치게 겸손해 하실 필요가 없소이다."

　　태란은 재삼 사양하다가 마침내 자리에 앉았다. 서로 안부를 마친 뒤 자아가 태란을 유혹하여 말했다.

　　"일전에 구 도형께서 토행손을 사로잡아 당장에 참수하려고 했는데, 그분이 말하시길 등 원수께서 일찍이 혼인을 맺어주겠다는 약속을 하셨다고 하면서 자기의 죽음을 잠시 동안만 늦춰달라고 재삼 애걸하기에, 일부러 산대부를 등 원수의 중군으로 보내 전후사정을 물어보도록 했던 것이오. 만약에 원수께서 과연 그러한 말씀을 하셨다면, 토행손을 방면하여 저들 남녀의 사랑을 이루도록 하는 게 마땅한 일이니, 그것은 인간세상의 은애일 뿐이오. 다행히 등 원수께서 허락했으며 의논한 결과를 나에게 회답해 주기로 했소. 지금 장수께서 이렇게 오셨으니 틀림없이 원수께서 나에게 전하실 말씀이 있을 것이오."

태란이 몸을 굽히며 대답했다.

"승상께서 하문하시니 말장은 감히 아뢰지 못하겠습니다. 지금 특별히 저희 원수의 명을 받들고 와서 승상을 배알합니다만 미처 서찰을 준비하지 못했습니다. 다만 원수께서는 술 취한 바람에 한때의 지나가는 말로 허락했는데, 뜻밖에 토행손이 사로잡혀 결국 이 일이 드러나고 말았으므로 원수께서도 감히 부인하지는 않습니다. 다만 원수의 따님은 어려서 모친을 잃었으므로 원수께서는 따님을 진주처럼 사랑하십니다. 또한 이 일은 모름지기 예법에 따라야 하므로 나중에 길일을 택하여 산대부께서 승상과 함께 친히 토행손을 데리고 오셔서 일을 진지하게 처리하신다면 원수께서도 체면이 서실 것입니다. 그런 연후에 다시 만나 군대의 일을 논의하도록 하십시오. 승상의 의견은 어떠하신지요?"

"나는 등 원수가 충성스럽고 올곧은 장수라는 것을 잘 알고 있소. 그 동안 여러 차례 천자의 정벌군이 이곳에 왔지만, 모두 자세한 내막은 살피지도 않고 그저 힘으로만 몰아붙였소. 그래서 임금께 충성하고 국가를 사랑하는 우리 주나라의 마음에 결코 반역하려는 뜻이 없다는 것을 천자께 아뢸 수가 없으니, 지금 말을 하면서도 눈물이 나오려 하오. 다행히도 지금 하늘이 기회를 내리시사 이러한 인연을 맺게 되었으니, 아마도 장차 우리들 마음속의 진심을 천자께 상달하고 천하에 명백히 밝힐 수 있을 것 같소. 우리들은 나중에 친히 토행손을 데리고 등원수의 군영으로 가서 경사스런 잔치에 참석할 것이니, 청컨대 장수께서 잘 말씀드려 주신다면 나 강상은 깊이 감격할 것이오."

태란이 거듭 겸손을 차렸다. 자아는 마침내 태란을 후하게 대접한 뒤 떠나보냈다. 태란이 성을 나와 군문 앞에 이르러 명을 기다리자 좌우에서 군영으로 들어가 보고했다.

태란이 중군에 이르자 등구공이 물었다.

"일이 어찌 되었소?"

태란이 자아가 나중에 친히 오겠다고 허락한 일을 자세하게 고하자, 등구공은 손으로 이마를 어루만지면서 말했다.

"천자의 홍복으로 말미암아 저들이 스스로 죽음을 찾아오는구나!"

태란이 말했다.

"비록 대사가 이미 이루어졌다 하더라도 방비를 소

홀히 해서는 안됩니다."

이에 등구공이 분부했다.

"용맹한 군사 3백 명을 선발하여 각기 예리한 단도를 숨기고서 군막 밖에 매복시켜 놓았다가 술잔을 부딪치는 소리를 신호삼아 좌우에서 일제히 돌진하게 하라! 자아는 물론이고 여러 장수들도 모두 단칼에 도륙하여 육장을 만들리라!"

여러 장수들이 명령을 받고 물러갔다. 등구공은 다시 조승趙昇에게 명하여 한 무리의 인마를 이끌고서 진영의 왼쪽에 매복하고 있다가 중군에서 포성이 울리기를 기다려 돌진하도록 했다. 또한 손염홍孫焰紅에게는 한 무리의 인마를 이끌고 진영의 오른쪽을 맡게 했다. 또한 태란과 자기 아들 등수鄧秀에게 명하여 원문에서 적장들을 가로막으라 했다. 그리고 후영의 등선옥에게 분부하여 한 무리의 인마를 이끌게 하고서 삼로구응사三路救應使로 삼았다.

등구공은 분부를 모두 마친 뒤 오로지 후일에 벌어질 일만을 기다렸다.

태란이 돌아간 다음날, 자아가 양전에게 명했다.

"양전은 변신하여 몰래 나의 뒤를 따르라."

자아는 다시 건장한 병졸 50명을 선발하여 예물을 짊어질 짐꾼으로 변장시키라고 명했으며, 신면·신갑·태전·굉요 등 4현賢과 8준俊을 좌우의 응전군으로 삼아 모두 각기 날카로운 병기를 몰래 감추고 있으라고 명했다.

또한 뇌진자에게 명하여 한 무리의 인마를 이끌고 가서 적진의 좌군영을 습격하고 난 뒤 중군으로 돌진하여 응전하도록 했으며, 다시 남궁괄에게 명하여 우진영을 습격하게 했다. 그리고 금타·목타·용수호에게는 대군의 병마를 통솔하여 급습을 돕도록 했다.

자아는 모두에게 몰래 군영을 나가 매복해 있으라고 분부했다.

드디어 약속한 날짜가 되었다. 등구공은 딸 선옥과 의논하면서 말했다.

"오늘 자아가 토행손을 사위랍시고 데리고 올 것인데, 원래 계획은 자아가 성을 나오는 것을 이용하여 그를 사로잡아 공을 세우기로 되어 있다. 내가 여러 장수들에게 이미 분부해 놓았으니, 너는 마음의 준비를 단단히 하고서 급습에 대비하고 있어라."

딸이 그러겠다고 대답했다. 등구공은 군막에 올라 융단을 깔고 비단으로 장식하라 분부하고서 자아가 오기를 기다렸다.

한편 자아는 여러 장수들에게 분부대로 변장하게끔 하고 토행손을 앞에 불러놓고서 명했다.

"너는 함께 등구공 진영에 가서 내가 포성으로 신호하면 곧바로 후영으로 들어가 등 소저를 빼돌려야 하느니라. 신속하게 해야만 한다!"

토행손이 명을 받았다.

자아는 한낮 즉 오시가 되자 산의생에게 먼저 가라고 명하고 나서 비로소 성을 떠나 등구공 진영을 향하여 출발했다. 산의생이 먼저 원문에 도착하자 태란이 맞이하고서 등구공에게 보고했다. 등구공이 계단을 내려와 원문에서 산 대부를 영접하자 산의생이 말했다.

"전에 귀중하신 허락을 하셨으므로 지금 강 승상께서 친히 예물을 갖춰 원수의 사위와 함께 여기에 오셨습니다. 그래서 특별히 저에게 먼저 가서 통보하라 명하셨습니다."

"번거롭게 대부를 왕래케 했으니 용서 바라오. 우리들은 여기에서 승상을 기다리는 것이 어떻겠소?"

"저야 괜찮습니다만 원수께서 불편하실까 걱정입니다."

"나도 괜찮소이다."

서로 한참 동안 기다린 뒤에 등구공이 멀리 바라보니, 자아가 사불상을 타고 오륙십 명이 채 안되는 짐꾼들을 데리고 오는데 전혀 갑옷이나 무기를 들고 있지 않았다. 등구공은 그것을 보고 남몰래 기뻐했다.

자아는 일행과 함께 원문에 이르러 등구공이 태란·산의생과 함께 모두 서서 기다리고 있는 것을 보자 황급히 말에서 내렸다.

등구공이 나가 맞이하면서 몸을 굽히고 말했다.

"승상께서 귀하신 행차를 하셨는데 소장이 멀리 나가 영접치 못했으니 부디 용서 바랍니다."

자아가 급히 답례하면서 말했다

"원수의 훌륭하신 덕망과 명성을 제가 오랫동안 우러러왔습니다만 인연이 없어서 찾아뵙지 못했는데, 오늘 다행히도 하늘이 인연을 맺어주어 흉금을 털어놓을 수 있게 되었으니 정말 감격스럽습니다."

구류손이 토행손과 함께 앞으로 나아가 인사를 올리자 등구공이 자아에게 물었다.

"이분은 뉘신지요?"

"이분이 바로 토행손의 사부이신 구류손입니다."

등구공이 황망히 예의를 갖추며 말했다.

"훌륭하신 선명仙名을 오랫동안 우러러왔습니다만 일찍이 뵙지 못했는데, 오늘 다행히도 이렇게 왕림하셨으니 지난날의 바람을 풀게 되었습니다."

구류손도 감사의 인사를 마쳤다. 서로들 양보하며 원문으로 들었다. 자아가 자세히 둘러보니 비단과 꽃으로 장식한 잔치자리가 매우 화려했다.

그렇지만 자아는 곧 양쪽에서 살기가 솟구치는 것을 보고 그 내막을 알아차렸다. 그래서 곧 토행손과 여러 장수들에게 눈짓을 보내자 그들은 이미 그 뜻을 알아차리고서 모두 군막으로 들어갔다. 등구공과 자아일행이 인사를 다 마치자 자아가 좌우에 명했다.

"예물을 올리도록 하라."

등구공이 막 예단을 받고 살펴보려는 순간, 신갑이 몰래 향불을 꺼내 재빨리 예물상자 안에 들어 있던 대포에 불을 붙였다. "꽝!" 하는 포성이 땅을 가르고 산을 무너뜨리는 듯했다. 등구공이 깜짝 놀라 둘러보았을 때는 이미 한 무리의 짐꾼들이 각기 감춰둔 병기를 꺼내들고 군막으로 짓쳐들어오고 있었다.

등구공은 손쓸 틈도 없이 후영을 향해 곧장 튀어 달아나는 수밖에 없었다. 태란과 등수도 형세가 불리한 것을 보고 역시 뒤쪽으로 도주했다. 바라보니 사방에서 복병이 일어나 내지르는 함성이 하늘을 진동시켰다.

자아와 여러 장수들이 모두 말을 빼앗아 타고 병기를 휘두르면서 마구 적병을 쳐죽이니, 그 3백 명의 도부

수刀捧手들이 어떻게 막을 수 있겠는가?

등구공 등이 말을 타고 싸우러 나왔을 때는 군영이 이미 난장판이었다. 조승이 포성을 듣고 좌진영에서 나와 응전했으며 손염홍도 포성을 듣고 우진영에서 나와 응전했으나, 모두 신갑과 신면 등에게 패했다. 등선옥이 막 응전하러 나왔으나 또한 토행손에게 저지당하여 서로 혼전을 거듭했다.

그때 뜻밖에 뇌진자와 남궁괄이 두 무리의 인마를 이끌고 좌우에서 돌진했다. 천자의 군대 즉 천병은 도리어 가운데로 몰려 앞뒤로 공격을 받게 되었으니 어떻게 막아낼 수 있겠는가! 또한 뒤쪽에서 금타·목타 등이 이끄는 대부대 병사가 곧장 돌진해 왔다.

등구공은 형세가 불리한 것을 보고 패주했으며, 군졸들은 서로 짓밟으며 도망쳤으니 죽은 자는 그 수를 헤아릴 수 없었다.

등선옥은 부친과 여러 장수들이 패주하는 것을 보고 역시 칼로 막는 체하면서 정남쪽을 바라고 도주했다. 토행손은 등선옥이 돌을 던져 사람을 다치게 하는 데 능하다는 것을 알았으므로, 마침내 곤선승 포승줄을 던져 등선옥을 낚아챘다. 등선옥이 말에서 떨어지자 토행손은 그녀를 묶어 먼저 서기성으로 향했다.

자아는 여러 장수들과 함께 등구공을 50여 리까지 추격하다가 징을 울려 군사를 거두어 성으로 돌아갔다.

등구공은 아들 등수와 태란·조승 등과 함께 곧장 기산 아래까지 도망친 뒤에, 패잔병들을 소집하여 점검해 보았다. 그러나 등선옥의 모습은 어디에도 보이지 않았다. 자아를 사로잡으려다가 도리어 자신의 꾀에 걸려들 줄을 누가 알았겠는가! 후회해도 소용없는 일이었다. 하는 수 없이 잠시 그곳에 군영을 설치할 수밖에 별다른 도리가 없었다.

자아는 구류손과 함께 대승을 거두고 성으로 들어와 은안전에 올랐다. 여러 장수들의 공적보고가 끝나자, 자아가 구류손에게 말했다.

"오늘이 마침 길일이니 토행손으로 하여금 등 소저와 혼례를 치르게 하는 것이 어떻겠소?"

"빈도 또한 같은 생각입니다. 때를 늦춰서는 안됩니다."

자아가 토행손에게 명했다.

"그대는 등선옥을 뒷켠의 안락한 방으로 데리고 가서 길일인 오늘 부부의 정을 맺도록 하라. 내일 내가 다시 분부를 내릴 것이니라."

토행손이 명을 받들었다.

자아는 다시 시녀들에게 명했다.

"등 소저를 뒷켠으로 모시고 가서 신방을 아름답게 마련해 놓고 시중을 잘 들도록 하여라."

사로잡힌 등선옥은 부끄러운 얼굴을 하고 눈물을 흘리면서도 아무 말이 없었다. 결국 좌우 시녀들에게 이끌려 신방으로 향했다. 자아는 여러 장수들에게 주연을 베풀어 마음껏 즐기라고 했다. 온 성 안은 일시에 잔치마당으로 변했다.

등선옥이 신방으로 이끌려 들어오자 토행손이 나아가 영접했다. 등선옥은 토행손이 미소 띤 얼굴로 몸을 숙여 인사하자, 곧 몸둘 곳을 몰라 하면서 비오듯 눈물만 쏟을 뿐이었다. 토행손이 다시 온갖 말을 다하여 그녀를 위로했다. 그러자 등선옥은 자기도 모르게 노기가 치밀어 욕을 퍼부었다.

"무지한 놈 같으니! 주인을 팔아 영화를 구했구나! 그대는 도대체 어떤 사람이기에 감히 이처럼 망령을 부리는가?"

토행손은 여전히 미소 띤 얼굴로 답했다.

"아기씨가 비록 천금같이 귀한 몸이긴 하지만, 나 또한 이름 없는 소인배는 아니니 그대도 욕되지 않수. 하물며 아기씨는 일찍이 내가 병을 치료해 준 은혜를 입었으며, 또한 그대의 부친인 장인께서 직접 나에게 허락하길 무왕을 암살하고 돌아오면 아기씨를 아내로 주겠다고 하셨던 것을 모르우? 이것은 사람들이 다 알고 있는 사실인걸. 승상께서는 그대의 부친이 핑계를 대서 거절할까 염려하여 일부러 자그마한 계획을 세워 이러한 인연을 맺게 해주시지 않았겠수. 그런데도 아기씨는 어찌 고집만 부릴 거요?"

"나의 부친께서 산의생의 말에 허락하신 것은 원래 강 승상을 사로잡으려는 계획이었지. 그런데 뜻밖의 흉계에 말려들어 올가미에 걸리고 말았으니 죽음이 있을 뿐이야."

"아기씨는 잘못 생각하고 있수! 다른 말이면 몰라도 부부간의 일을 어찌 빈말로 허락할 수 있단 말이우? 옛사람은 한 마디 말이라도 천금처럼 알았으니 어찌 믿음을 잃을 수 있겠수? 나의 사부와 강 승상은 사로잡힌 내 말을 듣고 나서 손가락을 짚어 점치더니, '이 자는 본디 등 아기씨와 혼인을 맺을 인연이 있으며 훗날에 모두 주나라 조정의 신하가 되겠도다'라고 말씀하셨다우. 그래서 나의 죄를 용서하시고 산 대부에게 중매를 서라 했던 거지. 아기씨! 생각해 봐요. 만약에 천생연분이 아니었다면 그대의 부친이 왜 허락했겠으며, 아기씨 또한 어떻게 이곳에 올 수 있었겠수?"

토행손은 다시 말을 이었다.

"하물며 지금 천자가 누차 서기를 정벌하다가 마가魔家의 네 장수와 문 태사와 십주삼도十洲三島의 여러 신선들이 모두 멸망을 자초하여 뜻을 이룰 수 없었잖수. 그러니 우리 일은 하늘의 뜻이고, 이치에 따라 우리가 함께 하는 거요. 하물며 그대 부친의 보잘것없는 군사 가지고는 안될 일이지! 옛말에도 '훌륭한 새는 나무를 살펴 둥지를 틀고 어진 신하는 군주를 가려 벼슬살이 한다'고 했지 않수. 아기씨가 지금 이렇게 고집을 부리지만 삼군은 이미 토행손이 결혼했다는 사실을 다 알지 않수. 아기씨가 설사 폭포수 밑의 얼음조각처럼 맑고 깨끗하다 하더라도 어떤 사람이 그것을 믿을까? 아기씨는 다시 잘 생각해 보란밖에."

등선옥은 토행손의 한바탕 말을 듣고 고개를 숙인 채 말이 없었다. 토행손은 등선옥이 약간 마음을 돌리려는 뜻을 비치자 다시 가까이 다가가 다그쳤다.

"아기씨! 가만히 생각해 보시우. 당신은 규방의 아리따운 규수로 천상의 진기한 꽃이며, 나는 협룡산의 문하인지라 서로 하늘과 땅만큼이나 멀리 떨어져 있었는데, 오늘 어떻게 옛날부터 만났던 사이처럼 나와 서로 몸을 부딪칠 수 있것수! 다 하늘의 뜻이지."

이렇게 말하고 곧 다가가 등 소저의 옷을 강제로 끌

어당겼다. 이러한 행동을 보자 등선옥은 자기도 모르게 얼굴이 붉어져 손으로 뿌리치며 말했다.

"일이 비록 이렇게 되었으나 어찌 이리 억지를 부려? 내가 내일 부친을 만나뵙고 허락을 받은 다음에 치르는 혼례라면 모를까."

토행손은 이때 이미 욕정이 솟구쳐 등 소저의 말이 귀에 들려오지 않았다. 그는 등 소저에게 다가가 마구잡이로 끌어당겼다. 소저가 한사코 물리치며 필사적으로 거부하자 토행손이 말했다.

"오늘이 좋은 날이라던데 왜 이러는 거유. 좋은 때라는데, 좋은 날이라는데 말여?"

토행손은 손을 뻗어 옷을 벗기려 하고, 등 소저는 소저대로 두 손으로 밀쳐내는 사이에 두 사람은 한데 뒤엉켜버렸다. 어디까지나 여자의 몸이니 어찌 토행손을 막을 수 있겠는가!

잠시 뒤에 얼굴 가득 땀을 흘리고 호흡이 가빠지더니 등 소저의 막는 손에 점점 힘이 빠졌다. 토행손은 그 틈에 속옷 속으로 손을 집어넣었다. 등선옥이 손으로 막았을 때는 이미 허리끈이 끊어진 뒤였다. 소저가 두 손으로 속옷을 움켜잡았으나 그 힘도 점점 빠져나갔다.

토행손이 빈틈을 노려 양팔로 끌어안으니 따뜻한 향

옥玉 같은 등선옥의 몸이 이미 가슴에 안겨 있었다. 향기나는 입술과 뺨에 가볍게 입맞춤을 하자, 부끄러운 등 소저는 얼굴을 좌우로 돌려 피하려 했으나 어찌할 수 없었다. 다만 얼굴 가득 눈물을 흘리며 말할 뿐이었다.

"이렇게 강제로 한다면 죽더라도 따르지 않겠소!"

그러나 토행손이 어찌 놓아주려 하겠는가? 더욱 힘을 주어 내리눌렀다. 이렇게 서로 당기고 밀치는 사이에 어느덧 한 시각이 흘렀다. 토행손은 등 소저가 끝까지 순종하지 않으려는 것을 보자 그녀를 속여 말했다.

"아기씨가 이처럼 거부하니 나 또한 강제로 할 수가 없지. 다만 아기씨가 내일 부친을 만나고 나서 변심할까 봐 그게 걱정이지. 그래서 믿을 수가 없단밖에."

등 소저가 황급히 말했다.

"저의 몸은 이미 낭군의 것이 되었으니 어찌 변심할 리가 있겠어요? 장군께서 저를 가엾게 여겨 부친을 만나도록 허락하신다면 아마도 저의 절개를 이룰 수 있을 것이지요. 만약에 제가 변심한다면 반드시 좋게 죽지 못할 거예요."

"진정 마음이 그러하다면 아기씨는 일어나우."

토행손이 한 손으로 그녀의 목을 끌어안아 천천히 일으켜 세우자, 등선옥은 정말로 자기를 놓아주려는 줄로 알고 방비하지 않은 채 몸을 일으킨 뒤 한 손으로 토행손의 손을 밀쳐냈다. 토행손은 이 기회를 틈타 두 손을 소저의 허리 속으로 집어넣고 더욱 힘차게 끌어안았다. 이윽고 등선옥의 허리가 느슨해지면서 속옷이 곧장 아래로 흘러내렸다.

등선옥이 토행손의 속셈을 알아차리고 손을 내려 옷을 붙잡으려 했으나 이미 토행손의 양 어깨가 팔을 가로막고 있었으니 어떻게 손을 내릴 수 있겠는가! 소저는 발버둥쳐 봤으나 소용이 없자 하는 수 없이 말했다.

"장군은 참으로 야박하시오! 이미 부부가 되었는데 어찌하여 나를 속이시오?"

"이렇게라도 하지 않으면 아기씨는 다시 천만 번 거절하려 할 거잖수."

등 소저는 말없이 눈을 감고 얼굴 가득 부끄러움을 보이면서 토행손이 자기 옷을 벗기도록 내버려두었다. 마침내 두 사람이 금침으로 들어갔고 이때 등선옥이 토행손에게 말했다.

"천첩은 규방의 어린 소녀인지라 운우지정雲雨之情을 알지 못하니 장군께서 어여삐 여겨주셔요."

"아기씨는 아리따운 규수이고 나는 덕을 쌓은 지 오래이니 어찌 감히 분별없이 강제하리?"

비취이불 속에서는 난생 처음으로 등선옥의 해당화 빛 신혈新血이 흘러나오고, 원앙베개 위에선 계수나무의 기이한 향기가 일렁였다.

그토록 완강하게 거절하던 등선옥의 기세는 완전히 꺾였다. 어느 순간 두 사람은 누가 먼저라 할 것 없이 서로 어루만지고 사랑을 나누면서 인간세상의 즐거움을 다하니 이보다 더 좋은 때는 없는 듯했다.

자아가 묘책으로 두 사람의 아름답고 원만한 앞날을 이루게 해준 일을 후인이 시로 말했다.

묘산신기妙算神機는 자아를 두고 한 말이니,
군막 안에서 세운 계책은 더욱 틀림이 없네.
백년호사를 오늘 이루었지만,
인연의 끈을 함부로 자랑하지 말라.

토행손이 등선옥과 부부의 정을 맺으니 하룻밤이 언제인지 모르게 지나갔다. 다음날 부부가 일어나 세수하고 몸단장을 끝내자 토행손이 말했다.

"우리 두 사람은 전에 나아가 우리를 보살펴준 강 승상과 사부의 은혜에 감사드리도록 하는 것이 좋겠지?"

"마땅히 감사드려야 하겠지만 다만 부친께서 어제

패하여 어찌되었는지 모르고 있어요. 어찌 아비와 자식이 두 나라를 섬기는 법이 있어요? 청컨대 장군께서 저의 이러한 뜻을 강 승상께 말씀드려 무슨 방도를 강구하여 둘 다 온전할 수 있도록 해주셔요."

"부인의 말씀이 옳소. 전에 나아가 뵙고 그 일을 말씀드리겠소."

토행손의 말투가 제법 점잖아졌다.

자아가 전각에 오르자 여러 장수들이 나아가 배알을 마쳤다. 토행손과 등선옥 부부가 앞으로 나아가 머리 숙여 인사를 올리자 자아가 말했다.

"등선옥은 이제 주나라의 신하가 되었지만, 그대의 부친은 아직도 항거하면서 복종치 않고 있도다. 나는 군대를 보내 그를 잡아오고 싶으나 그대는 골육지친이니 어찌 처리하는 것이 좋겠는가?"

토행손이 앞으로 나아가 말했다.

"등선옥이 방금 전에 그 일을 제자와 상의했지요. 간절히 청컨대 사숙께서는 측은히 여기는 마음을 베풀어 모두가 온전할 수 있도록 하나의 계책을 세워주십시오. 이는 사숙의 더 없이 큰 은혜가 되겠지요."

"그 일 또한 어렵지 않다. 등선옥에게 진심으로 나라를 위하는 마음만 있다면, 그녀를 보내 부친을 서주로 귀순하도록 권유하는 데 무슨 어려움이 있겠느냐? 다만 선옥이 기꺼이 가려 할는지 모르겠구나."

등선옥이 앞으로 나아가 무릎 꿇고 말했다.

"승상 나으리! 소녀는 이미 서주로 귀순했으니 어찌 감히 다른 뜻을 품겠습니까? 아침에 소녀가 이미 부친을 서주에 투항하도록 권유하러 가겠다고 했습니다만, 오직 승상께서 소녀의 진정을 의심하실까 두렵습니다. 만약에 승상께서 소녀가 부친에게 귀순하도록 권유하는 일을 허락해 주신다면, 힘들여 무기를 사용하지 않아도 소녀의 부친은 스스로 서주의 신하가 될 것입니다."

"나는 결코 그대가 배반할 것이라고는 의심하지 않으나, 다만 그대의 부친이 서주에 귀순하지 않고 다시 일을 벌일까 그것이 걱정이로다. 지금 등 소저가 기왕에 직접 가겠다고 하니 내가 장교 하나를 동반하여 보내도록 하겠노라."

등선옥이 자아에게 감사의 절을 올린 뒤 병졸들을 이끌고 기산을 향했다.

한편 등구공은 패잔병을 소집하여 하룻밤을 주둔하고 난 뒤, 군막에 오르자 그의 아들 등수와 태란·조승·손염홍이 옆에 서서 모셨다. 등구공이 말했다.

"내가 출병한 이래로 일찍이 이렇게 큰 치욕은 당해 본 적이 없었다. 게다가 지금 나의 사랑하는 딸까지 잃고 생사조차 모르고 있다. 진실로 양이 가시울타리를 들이받은 것처럼 진퇴양난에 빠지고 말았으니, 어찌하면 좋단 말이냐? 어찌하면 좋단 말인가!"

태란이 말했다.

"원수께서는 관리를 조정에 파견하여 급함을 고하는 표문을 올리는 한편 소저의 행방을 수소문하십시오."

한참 머뭇거리고 있을 때 좌우에서 보고했다.

"등 소저께서 서주의 깃발을 내걸고 한 무리의 인마와 함께 원문에 이르렀습니다."

태란 등이 경악을 금치 못했다. 등구공이 들어오라고 명하자 좌우에서 원문을 열어주었다. 말에서 내린 등선옥이 중군에 이르러 무릎을 꿇었다. 등구공은 이러한 행색을 보고 황급히 일어나 물었다.

"내 딸아! 어찌된 일이냐?"

등선옥은 자기도 모르게 눈물을 흘리면서 말했다.

"감히 말씀드리지 못하겠습니다."

"너는 무슨 억울한 일을 당했느냐? 걱정 말고 빨리 일어나 말하라!"

"소녀는 깊은 규방의 어린 딸에 불과한데, 이번 일은

모두 부친의 실언으로 말미암아 생긴 일입니다. 부친께서 공연히 나를 토행손에게 허락한다 말씀하셨기 때문에 자아가 이번 일을 꾸민 것이 아니겠어요. 자아는 나를 서기로 잡아가서 억지로 결혼을 시키고 말았습니다. 이제는 후회해도 소용없습니다."

등구공은 말을 듣자 혼이 하늘 밖으로 날아간 듯이 놀라면서 한동안 말이 없었다. 등선옥이 다시 말했다.

"소녀는 지금 이미 몸을 버려 토행손의 아내가 되었지만, 아버님의 일신에 닥칠 화를 구하고자 이렇게 만부득이 와서 말씀드리는 것입니다. 지금 천자가 무도하여 하늘의 뜻과 인심은 점을 쳐보지 않아도 가히 서주로 향하지 않습니까? 이미 그 막강하던 문 태사와 마가의 네 장수, 십주삼도의 신선들이 공격했지만 모두 죽고 말았으니, 그 순리順理와 역리逆理의 도가 분명해졌습니다. 그래서 지금 소녀는 불효하여 서기로 귀순했지만 부득이 이해득실을 부친께 말씀드리지 않을 수 없습니다."

딸 선옥의 말은 조리가 있었다.

"부친께서 사랑하는 딸을 가볍게 적국에 허락하셨기에 자아가 친히 천자의 진영으로 와서 빙례를 행했으니, 부친께서 이제 와서 그것이 빈말이었다고 하신들 누가 믿으려 하겠습니까? 부친께서는 또한 군사를 잃고 나라를 욕보였으니 천자께 돌아가면 죽음만이 기다릴 뿐입니다. 또한 소녀는 분명히 부친의 명을 받들어 양인良人에게 시집갔으며 내 마음대로 사사로이 음탕한 곳으로 도망친 것이 아니니, 부친께서도 소녀를 벌할 수가 없습니다."

등선옥의 긴 말에도 아버지는 아무 말이 없었다.

"부친께서 기꺼이 소녀의 뜻에 따라 서주로 귀순한다면 그릇됨을 버리고 바른길을 찾을 것입니다. 또한 군주를 가려 벼슬하신다면, 진정 골육이 모두 온전할 수 있을 것입니다. 이는 실로 어둠을 버리고 밝음을 좇으며 순리를 따르고 역리를 버리는 것이니, 천하사람들이 모두 기뻐할 만한 일입니다."

등구공은 딸의 이러한 말을 듣고 매우 타당하다고 생각하면서 스스로 깊이 사념에 잠겼다.

'용기를 다해 부딪친다 하더라도 중과부적이며, 철군하여 환군하더라도 의심받을 게 뻔하다.'

한참 동안 생각한 뒤에 딸에게 말했다.

"너는 나의 사랑하는 딸이니 내가 어찌 너를 저버릴 수 있겠느냐! 이 모두가 하늘의 뜻일 따름이다. 그러나 나는 치욕스럽게 서기로 들어가 자아 앞에 무릎을 꿇어야 할 것이니 어찌하면 좋겠느냐?"

"그것이 무슨 어려운 일이겠습니까? 강 승상은 아랫사람에게 겸손하며 결코 교만함이 없는 분입니다. 부친께서 진정으로 서주에 귀순할 뜻이 있다면 소녀가 먼저 가서 스스로 영접토록 하겠습니다."

등구공은 등선옥이 이렇게 말하는 것을 듣고 딸에게 먼저 가라고 명했다.

등선옥이 먼저 서기성 승상부에 이르러 자아에게 다녀온 일을 한바탕 고하자, 자아가 크게 기뻐하며 좌우에 명했다.

"대오를 갖춰 성을 나가 등 원수를 영접하라!"

좌우에서 명을 듣고 모두 의장을 갖춰 1리쯤 영접하러 나갔더니 이미 등구공의 군대가 당도해 있었다. 자아가 말했다.

"등 원수! 어서 오십시오!"

등구공은 연신 말 위에서 몸을 숙이며 말했다.

"말장末將은 재주가 부족하고 지혜가 천박하니 꾸지람을 듣는 것은 당연한 이치입니다. 지금 이미 귀순을 했으니 부디 승상께서 죄를 용서해 주시기 바랍니다."

자아가 황급히 말을 몰아 앞으로 나아가 등구공의 손을 잡아 이끌고 함께 말고삐를 나란히 하면서 말했다.

"지금 장군께서 이미 순리와 역리의 도를 알고서 한

조정의 신하가 되었으니 어찌 서로를 나눠놓고 생각하겠습니까? 또한 따님이 문하의 사질師侄에게 시집왔으니 내 어찌 감히 장군을 소홀히 여기겠습니까?"

등구공은 감격을 금치 못했다. 두 사람은 승상부에 이르러 은안전에 들었다. 주연을 성대히 베풀어 여러 장수들과 함께 즐겁게 축하의 술을 마시면서 하룻밤을 보냈다.

등구공은 다음날 무왕을 알현하고 하례를 마쳤다.

한편 정탐병이 사수관으로 들어가 보고하자, 한영은 즉시 등구공이 투항하고 딸을 사사로이 적국에게 시집보낸 급보를 조가에 알렸다.

상대부 장겸張謙이 올라온 문서를 살펴보다가 크게 놀라 황급히 궁 안으로 들어가 알렸다. 그때 황상은 적성루에 있었으므로 하는 수 없이 누대에 올라가 아뢸 수밖에 없었다.

장겸이 누대로 올라가 적수첨 앞에서 배알을 마치자 천자가 물었다.

"짐은 경을 보자 한 일이 없는데 경은 무슨 상주할 일이라도 있소? 어디 한번 펼쳐보시오."

장겸은 엎드린 채 아뢰었다.

"지금 사수관 한영의 상주문이 당도했사온지라 신은 감히 숨길 수 없습니다. 비록 용안에 노기를 일게 하더라도 신은 죽음을 무릅쓰겠나이다."

천자는 듣고 나서 당가관當駕官에게 명했다.

"즉시 한영의 상주문을 가져와 짐에게 보이도록 하라."

장겸이 황급히 한영의 상주문을 천자의 어탁 위에 펼쳐놓았다. 천자는 다 보기도 전에 대노하여 말했다.

"등구공은 짐의 대은을 입었는데 오늘 하루아침에 역적들에게 투항하다니 심히 한탄스럽도다! 짐이 대전에 올라 신하들과 논의한 뒤 이 역신의 무리를 잡아와 그 죄를 바로잡음으로써 짐의 한을 풀리라!"

이윽고 구간전九間殿에서 종과 북이 일제히 울리자 여러 관리들이 그 소리를 듣고 황급히 조정으로 나아가 대기하고 있었다. 잠시 뒤 공작병풍이 펼쳐지고 천자의 수레가 당도했다.

여러 문무백관들이 일제히 어전으로 나아가 엎드린 채 어지를 기다렸다. 천자가 말했다.

"지금 등구공이 조칙을 받들고 서쪽을 정벌하러 나갔는데, 역적을 정벌하여 승전보를 알려오기는커녕 도리어 자기 딸을 사사로이 적국으로 시집보내고 역적에게 투항했으니 그 죄는 용서치 못할 것이다. 그래서 이 역신은 물론이고 그 가족까지 사로잡아 국법으로 다스리려 하니, 경들은 나라의 상법常法을 빛낼 무슨 좋은 계책이라도 있는가?"

천자가 말을 채 마치기 전에 중간대부 비렴飛廉이 출반하여 아뢰었다.

"신이 서기를 보건대 무례하게 항거하고 있으니 그 죄는 용서치 못할 것입니다. 그러나 정벌나간 대장 중에서 승리한 자는 승전보를 어전에 고하지만, 패한 자는 죄가 두려워 곧 서토西土에 투항하고 마니 언제 승전보를 아뢸 수 있겠습니까? 신의 어리석은 생각으로는, 반드시 골육지친의 신하로 정벌케 해야만 아마도 이 두 가지의 근심이 없게 될 것입니다. 그러한 신하는 국가와 함께 흥망을 같이하므로 승전보를 알리지 않음이 없을 것입니다."

"군신과 부자는 모두 골육지친인데 또한 어찌 서로를 나눌 수 있겠는가?"

"신이 한 사람을 보증할 수 있사온데, 그라면 서기를 정벌하고 강상을 사로잡아 큰 공을 아뢸 것입니다."

"경은 누구를 보증한단 말이오?"

"모름지기 서기를 이기려면 기주후 소호蘇護가 아니면 안됩니다. 첫째로 폐하의 국척이며 둘째로 제후의 우두머리이니 모든 일에 힘을 다하지 않음이 없을 것입니다."

"경의 말이 참으로 훌륭하오."

천자는 크게 기뻐하면서 즉시 군정관에게 명했다.

"속히 황모와 백월을 준비하도록 하라."

사신이 조서를 갖고 먼저 기주로 떠났다.

冀州侯蘇護伐西岐

기주후 소호가 서기정벌에 나서다

조가朝歌를 떠난 천사는 기주冀州를 향하여 쉬지 않고 달려 다음날 관역에 도착했다. 소후蘇侯의 왕부에 보고가 전해지자 소호가 즉시 역관에 이르러 어지를 받았다. 향을 피우고 절을 마친 뒤 조서를 펼쳐 읽어보니 다음과 같은 내용이었다.

짐이 듣건대 정벌의 명은 모두 천자에게서 나오며 변방의 일은 실로 군대에서 나온다고 했도다. 공훈을 세워 사방을 진압하는 것은 모두 신하의 직분에 들어 있는 일이로다.

지금 서기의 희발姬發이 방자하고 무도하여 천자의 군대에 항거하니 심히 한탄스럽도다. 이에 특별히 그대 기주후 소호를 6사師의 총독으로 삼아 정벌을 나서도록 칙령을 내리노니, 반드시 역적의 괴수를 사로잡아 화란을 없애도록 하라. 개선하여 승전을 아뢰면 짐은 국토를 아끼지 않고 그대의 공에 대접하리로다. 그대는 삼가 힘쓸지어다! 이에 특별히 조서를 내리노라.

소호는 조서를 다 읽고 난 뒤 마음속으로 크게 기뻐하면서 천사를 접대하고 노잣돈을 주어 떠나보냈다. 소호는 남몰래 천지신명께 감사하면서 중얼거렸다.

'오늘에야 내가 비로소 일신의 원한을 씻을 수 있게 되었으니 세상에 감사드릴 수 있겠군.'

급히 후원에 주연을 마련하라고 명한 뒤, 아들 소전충蘇全忠과 부인 양씨楊氏와 함께 술을 마시면서 말했다.

"나는 불행히도 딸 달기妲己를 조가에 진상했는데, 그 천한 것이 부모의 가르침을 모두 어기고 이유없이 재앙을 불러일으켜 천자를 미혹시키면서 온갖 못된 짓을 자행할 줄을 누가 생각이나 했겠는가? 그래서 천하의 제후들이 나에게 원한을 품고 있도다. 지금 주나라 무왕의 어진 덕이 천하에 널리 퍼져 세상의 3분의 2가 서주로 돌아갔는데, 뜻밖에도 어리석은 임금이 도리어 나에게 정벌을 명했으니, 나는 이제 평생의 소원을 이루게 되었다. 나는 내일 온 집안의 권속들을 군영으로 데리고 갔다가 서기에 이르러 무왕에게 귀순하여 함께 태평성세를 누리려고 한다. 그런 연후에 제후들과 회합하여 함께 무도한 천자를 정벌함으로써, 나 소호를 제후들의 웃음거리가 되지 않게 하고 후세의 비난도 받지 않게 할 것이니, 이 또한 대장부가 해야 할 일을 잃지 않는 것이 될 것이다."

부인이 크게 기뻐하면서 말했다.

"장군의 말씀이 참으로 훌륭하십니다. 그것이 바로 우리 모자의 마음입니다."

다음날 대진 위에서 북을 울리자 여러 장수들이 알현했다. 소호가 말했다.

"천자께서 칙령을 내리시어 나에게 서쪽을 정벌하라 명하셨소. 여러 장수들은 출정할 채비를 하시오."

장수들이 명을 듣고 10만의 군사를 정비하여 그날로 즉시 보독기寶纛旗를 흔들면서 출정했으며, 선행관 조병趙丙과 손자우孫子羽・진광陳光, 그리고 오군구응사 정륜鄭倫도 함께 기주를 떠났다. 소호가 출병한 지 며칠 뒤에 정탐병이 중군에 들어와 보고했다.

"서기성이 앞에 보입니다."

"군영을 멈추고 성채를 세우도록 하라!"

소호는 이렇게 명하고 군막에 올라앉았다. 장수들이 들어와 예를 행하고 난 뒤 대장군의 깃발을 세웠다.

한편 자아는 승상부에서 4만 제후들의 상주문을 수합하여 무왕에게 천자를 정벌하라고 청하고 있었는데 갑자기 정탐병이 들어와 보고했다.

"기주후 소호가 서기를 정벌하러 왔습니다."

자아가 황비호에게 물었다.

"오래 전부터 듣자니 그 사람은 용병에 능하다고 하던데, 무성왕께서는 틀림없이 그 사람을 잘 알고 있을 것이니, 대강을 말씀해 주십시오."

"소호는 성품이 강직하며 줏대없이 아첨이나 하는 부류들과는 다릅니다. 국척의 명예를 지니고는 있으나 천자와 사이가 좋지 않아 오로지 서주로 귀순하려 하면서 때때로 소장에게 서찰을 보내오곤 합니다. 이 사람이 만약에 왔다면 반드시 서주에 귀순할 것이니 더 이상 의심하지 않으셔도 될 것입니다."

자아는 이 말을 듣고 크게 기뻤다.

과연 황비호의 말이 크게 다르지 않은 듯이 보였다.

기주후 소호가 3일 동안 싸움을 걸어오지 않자, 황비호가 대전에 나가 자아에게 말했다.

"기주후 소호가 군대를 주둔시켜 놓고 움직이지 않으니, 소장이 한번 가서 살펴보면 곧 그 연유를 알 수 있을 것입니다."

자아가 허락했다.

명을 받들고 오색신우에 오른 황비호는 성을 나선 뒤 적진 원문 앞에 이르러 크게 소리쳤다.

"기주후는 나와서 답하시오!"

정탐병이 누가 와서 부른다고 중군에 보고하자 기주후 소호는 선행관에게 나가보라고 명했다. 명령을 듣고 말에 오른 조병이 방천극을 치켜들고서 곧장 원문으로 나갔다. 다름 아닌 부성왕 황비호였다. 조병이 말했다.

"황비호! 그대는 국척의 신분인데도 국은에 보답할 생각은 하지 않고 이유없이 반역을 저질러 화란을 불러일으킴으로써 백성들을 도탄에 빠뜨리고 오랜 세월 동안 정벌을 그치지 않게 했다. 그래서 지금 어지를 받들어 특별히 그대를 잡으러 왔도다. 속히 말에서 내려 포박을 받지 않고 무엇하느냐?"

조병이 방천극을 휘두르면서 돌진하자 황비호는 창으로 가로막으면서 말했다.

"그대는 그만 돌아가 그대의 주장에게 내가 할 말이 있으니 나와서 답하라고 청하라. 그대는 어찌하여 스스로 포악함을 드러내려 하는가!"

조병이 대노했다.

"이미 어명을 받들고 왔으니 나에게는 그대를 사로잡아 공을 아뢸 일이 있을 뿐이다. 그대는 어찌하여 아직도 교묘한 말로 둘러대느냐?"

조병이 다시 방천극으로 찌르려 하자 황비호가 대노하여 소리쳤다.

"간덩이가 부은 조무래기 같으니! 어찌 감히 나를 두 번씩이나 찌르려 하느냐!"

황비호가 오색신우를 몰아 손에 든 창으로 막아내자, 소와 말이 얽히고 창과 극이 뒤섞였다. 싸운 지 20합 만에 황비호는 조병을 생포하여 승상부로 끌고 갔다. 보고가 전해지자, 자아가 황비호를 드시라 하여 물었다.

"장군께서 출정하셨는데 승부는 어찌되었습니까?"

"조병을 생포하여 명을 기다리고 있습니다."

자아가 명을 내리자 사졸들이 조병을 끌고 대전 앞에 이르렀는데, 조병은 선 채로 무릎도 꿇지 않았다. 자아가 말했다.

"이미 잡혀왔거늘 어찌하여 무례하게 구느냐?"

"어명을 받들고 정벌을 나서서 공을 이루기를 바랐으나 불행히도 사로잡히고 말았으니 오직 죽을 따름이다. 어찌 많은 말이 필요하겠는가!"

자아가 명을 내렸다.

"이 자를 잠시 감옥에 가둬두어라."

기주후 소호는 조병이 잡혀갔다는 보고를 듣고 고개를 숙인 채 말이 없었다. 그때 옆에서 정륜이 말했다.

"군후君侯 황비호가 강포함을 자만하고 날뛰지만 내일 사로잡아 조가로 압송한다면 백성들이 도탄을 면할 것입니다."

다음날 화안금정수火眼金睛獸를 타고 항마저降魔杵를 든 정륜은 서기성 아래에 이르러 싸움을 걸었다. 좌우에서 승상부에 보고하자 자아가 명했다.

"황 장군께서 다시 한번 나가시면 어떻겠습니까?"

황비호가 성을 나가니 한 장수가 보였는데 얼굴은 붉은 대춧빛이었고 매우 험상궂었으며 화안금정수를 타고 있었다.

황비호가 정륜을 보고 소리쳤다.

"다가오는 자는 누구인가?"

"나는 기주후 휘하의 정륜이다. 황비호, 이 역적놈! 너희들 때문에 몇 년 동안 정벌을 하느라 백성들이 재난에 빠져 있다. 오늘 천병이 당도하여 주벌을 면하지 못하게 되었으니 이젠 어찌하겠느냐?"

"정륜아, 너는 돌아가서 너희 주장을 나오시라고 하여라. 내가 할 말이 있느니라. 어떻게 돌아가는지 사리를 분별하지 않고 덤빈다면 너 또한 조병처럼 몸을 망치는 화를 당할 것이니라!"

정륜이 대노하여 곧장 항마저를 들이대자 황비호는 창을 들어 상대했다. 두 짐승이 서로 얽히고 창과 몽둥이가 함께 맞붙어 두 사람은 30합을 싸웠다. 정륜이 몽둥이를 한번 휘두르자 그것을 신호로 3천 명의 오아병烏鴉兵이 달려들었는데 마치 긴 뱀의 형세 같았다. 정륜이 콧구멍에서 두 줄기 흰빛을 뿜어내자 "쿵" 하는 소리와 함께 황비호는 안장에서 굴러떨어졌다.

오아병이 갈고리를 던지면서 황비호에게 일제히 달려들어 갑옷을 벗기고 밧줄로 꽁꽁 묶었다. 황비호는 밧줄에 묶이고 나서야 비로소 두 눈을 뜨고서 머리를 끄덕이며 한탄했다.

"내가 오늘 사로잡힌 이 꼴은 마치 꿈속에서나 있을 일이로다. 진실로 불쾌하기 짝이 없구나!"

정륜은 승전고를 울리면서 진영으로 돌아와 소후 소호를 뵙고 공적을 보고했다.

"지금 역적 황비호를 생포하여 원문에 당도했으니 판결을 내려주십시오."

"들여보내도록 하라."

군관들이 황비호를 떠밀고 군막 앞에 이르렀다. 황비호가 말했다.

"오늘 사악한 술법에 걸려들어 사로잡혔으니 청컨대 죽음으로써 나라의 은혜에 보답하기를 원하노라."

소호가 말했다.

"마땅히 참수해야 할 것이로되 잠시 감옥에 가두었다가 조가로 압송하여 천자께 판결을 청하도록 하리라."

좌우의 군졸들이 황비호를 후영에 가뒀다.

한편 정탐병이 승상부로 들어가 황비호가 잡혀간 일을 아뢰자 자아가 크게 놀라면서 물었다.

"어찌하여 사로잡혀 가셨단 말이냐?"

약진관이 아뢰었다.

"소후휘하에 있는 정륜이라는 자가 무성왕과 한창 접전을 벌이다가 콧구멍에서 흰빛을 뿜어냈는데, 황 장군이 그것을 보고 곧장 말에서 떨어져 붙잡혀 갔습니다."

자아는 크게 낙심하여 말했다.

"또 좌도의 술수로구나!"

황천화가 옆에 있다가 부친이 사로잡혀 갔다는 말을 듣고 정륜을 산 채로 집어삼키지 못함을 한탄했다. 그날 밤은 그렇게 지나고, 다음날 황천화는 승상부에 들어가 부친소식을 알아보도록 자기를 출정케 해달라고 청했다. 자아가 허락하자 명을 받든 황천화는 옥기린을 몰아 적진에 이르러 결전을 청했다.

　　소호 쪽 정탐병이 진영으로 들어가 보고했다.

　　"어떤 장수가 싸움을 청합니다."

　　소호가 말했다.

　　"누가 가서 한번 대적해 보겠는가?"

　　정륜이 제가 가겠다며 포성을 울리게 하고 금정수에 올라 진 앞으로 나갔다.

　　황천화가 말했다.

　　"네가 바로 정륜이냐? 무성왕을 잡아간 놈이 너란 말이지? 도망치지 말고 나의 철퇴 맛을 보아라!"

　　마치 유성처럼 섬광이 번쩍이면서 "쉬잉" 하는 바람소리와 함께 철퇴를 내리치자 정륜은 황급히 항마저로 가로막았다. 두 장수가 서로 맞붙어 10합쯤 싸웠을 때, 정륜은 황천화의 허리에 명주실이 매어 있는 것을 보자 그가 도가道家의 문인임을 알고 속으로 생각했다.

　　'만약 먼저 손을 쓰지 않으면 도리어 해를 입겠구나.'

곧 항마저를 들어 공중에 한번 휘두르자 오아병이 긴 뱀과 같은 형세를 갖추어 일제히 달려들었다. 정륜이 다시 콧구멍에서 한 줄기 흰 빛을 뿜어냈는데, 종소리가 울리는 듯했다. 황천화는 그 흰 빛을 보고 또 그 소리를 듣자 더 이상 옥기린에 앉아 있지 못하고 몸이 고꾸라져 떨어졌다.

오아병이 이전처럼 황천화를 밧줄로 묶어버렸다. 황천화가 눈을 떴을 때는 이미 자기 몸이 밧줄에 묶여 있었다. 정륜은 다시 황천화를 사로잡아 진영으로 들어가 기주후를 뵙고 말했다.

"말장이 황천화를 사로잡아 이미 원문에 이르렀으니 명을 내려주십시오."

"중군으로 데려오도록 하라."

황천화를 보니 눈빛이 번득이고 위풍이 당당하여 범속한 사람이 아니었다. 황천화는 서서 무릎을 꿇지 않았다. 소호가 또한 그를 후영에 가두라고 명했다.

황천화가 후영으로 들어가 부친이 그곳에 감금되어 있는 것을 보고 소리쳤다.

"아버님! 우리 부자는 요사스런 술법에 걸려들어 사로잡히고 말았으니 마음이 몹시 편치 못합니다!"

"비록 이런 어려운 처지에 있을지라도 마땅히 보국

충성을 생각해야 하느니라."

정륜은 두 장수를 사로잡았는지라 위세가 대단했다. 다음날 또다시 싸움을 걸었다. 정탐병이 들어가 보고하자 자아가 급히 명했다.

"누가 가서 대적해 보겠는가?"

말이 채 끝나기도 전에 토행손이 대답했다.

"제자가 서주에 귀순하여 아직 작은 공도 세우지 못했구먼요. 원컨대 한번 나가 그 허실을 탐문해 보죠."

자아가 허락하자 토행손이 명을 받고 막 승상부를 떠나려 했는데, 옆에서 등선옥이 앞으로 나아가 고했다.

"말장의 부녀는 이미 은혜를 입었으니 마땅히 적진을 치러 나서야 합니다."

자아가 아울러 그들도 허락했다.

한 차례 포성이 울리고 두 성문이 활짝 열리더니 깃발들이 펄럭이는 가운데 한 여장수가 쏜살같이 달려나왔다. 하지만 정륜의 눈에는 여장수가 말을 타고 달려나오는 것만 보였을 뿐 토행손이 나오는 것은 미처 보지 못했다. 토행손은 몸집이 너무나 왜소했는지라 정륜이 두루 살피지 않는 한 발견할 수 없었던 것이다.

토행손이 소리쳤다.

"이 코흘리개야! 어디를 보느냐?"

정륜이 그제야 아래를 내려다보니 한 난쟁이가 서 있었다. 정륜이 피식 웃으면서 말했다.

"이 난쟁이야, 무엇하러 예까지 왔느냐?"

"나는 강 승상의 명을 받들어 특별히 너를 잡으러 왔느니라."

정륜이 다시 크게 웃으며 말했다.

"네놈을 보아하니 어린애 같은 몸집에 솜털이 채 가시지 않은 듯한데, 감히 큰소리치면서 스스로 죽음을 자초하느냐!"

토행손은 정륜이 자기를 깔보는 말을 하자 크게 소리쳤다.

"이 코흘리개야! 감히 나를 모욕하느냐!"

철퇴를 휘두르며 구르듯이 달려들어 곧장 정륜이 타고 있던 금정수의 발굽을 후려쳤다. 정륜은 급히 항마저로 막고 토행손을 붙잡으려 했으나 그리 할 수가 없었다. 말 위의 정륜은 높고 토행손은 왜소했으므로 아래를 향해 내리쳐 봤자 헛수고만 할 뿐이었다. 몇 합을 싸웠으나 정륜은 온 몸에 땀만 흘릴 뿐 제대로 공격다운 공격을 하지 못했다.

마음이 조급해진 정륜이 항마저를 한번 흔들자 오아병이 즉시 달려들었다. 토행손이 어디가 어디인지 분간

치 못하고 있을 때, 정륜이 콧구멍에서 흰빛을 뿜어내자 "쿵" 하는 소리가 났다. 토행손은 눈으로 빛을 보고 귀로 그 소리를 들었으므로 혼백이 모두 달아나 그 자리에서 쓰러지고 말았다.

오아병이 토행손을 붙잡아 밧줄로 묶어버렸다. 토행손이 눈을 비비고 떠보니 온몸에 밧줄이 감겨 있는지라 소리를 질렀다.

"이런! 재미있구나!"

토행손이 묶인 채로 바라보니, 등선옥이 말을 몰면서 크게 소리치고 있었다.

"이놈! 흉악한 술법으로 우리 장군을 잡아가지 마라!"

"어젯밤 꿈자리가 뒤숭숭하더니만, 오늘은 별별 인물을 다 만나는구나! 난쟁이가 나서지 않나 했더니, 이번에는 또 웬 규중처자가 나서는 거야?"

등선옥이 칼을 휘두르면서 곧장 돌진하자 정륜이 손에 든 항마저로 막았다. 등선옥은 몇 합 싸우지도 않고 말을 돌려 곧장 달아났다. 정륜은 추격하지 않았다. 등선옥은 도망가다가 칼을 집어넣고 오광석五光石을 꺼낸 다음 뒤를 향해 돌 하나를 던졌다. 정륜은 "으윽!" 하는 소리와 함께 얼굴에 상처를 입고 진영으로 패주했다.

소호가 말했다.

"정륜, 그대도 패할 때가 있는가?"

정륜이 대답했다.

"한 난쟁이를 붙잡아 막 군영으로 돌아오려 했는데, 뜻밖에 한 여장수가 싸움을 걸어와 몇 합 붙지도 않고 말을 돌려 도망했습니다. 말장이 추격할 생각없이 돌아오려는데 그 계집이 곧 돌 하나를 던졌습니다. 급히 피했으나 이미 얼굴에 상처를 입고 말았습니다. 그러나 지금 그 난쟁이는 사로잡아 원문에 대령해 놓았습니다."

"그를 들여보내도록 하라."

여러 군졸들이 토행손을 에워싼 채 군막 앞으로 끌고 왔다. 소호가 말했다.

"이런 장수를 도대체 어디에다 쓴단 말이냐? 끌고 가서 참수하라!"

토행손이 말했다.

"잠깐! 나를 목 베어서는 안되어. 돌아가 소식을 전해야 할 몸이잖소."

"이런 머저리 같은 놈을 봤나! 끌고 가서 참수하라!"

"정 당신이 들어주지 않는다면 내 스스로 도망할 수뿐이 없지."

여러 사람들이 이 말을 듣고 모두 비웃었다. 그러나 선가仙家의 비법은 진실로 기묘하여, 바람 따라 순식간에 그림자조차 종적을 감춘다는 말 그대로였다. 토행손은 이미 사라져버린 뒤였다.

사람들이 이 광경을 보고 깜짝 놀라 황급히 원수께 아뢰었다.

"방금 막 난쟁이를 원문으로 끌고 나갔는데, 그가 몸을 한번 꿈틀 하더니 금세 사라지고 말았습니다."

소호가 이 말을 듣고 감탄을 금치 못했다.

'서기에는 이인이 많기도 하구나. 누차 정벌나선 군대들이 모두 승리를 얻지 못하고 전멸당한 것이 조금도 이상하지 않도다.'

정륜은 옆에서 이를 갈고 스스로 상처에 단약을 바르면서 오광석에 당한 원한을 갚고자 했다.

다음날 정륜이 다시 와서 싸움을 청하면서 여장수를 나오라 했다. 등선옥이 말을 타고 나가려 하자 자아가 말했다.

"안되느니. 그가 여기에 온 것은 반드시 깊은 뜻이 있을 것이다."

나타가 옆에서 말했다

"제자가 가보겠습니다."

자아가 허락하자 풍화륜에 오른 나타는 성을 나서면서 크게 소리쳤다.

"오는 놈이 바로 정륜이란 놈이렷다?"

"그렇다."

나타가 곧장 풍화륜을 몰아 돌진하자 정륜이 황급히 항마저로 막았다. 풍화륜과 금정수가 서로 뒤엉켰다.

정륜은 나타와 크게 싸우면서 선제공격만이 승리할 수 있겠다 생각하여 먼저 항마저를 한 번 흔들자, 역시 오아병이 모두 갈고리와 밧줄을 들고 와서 대기했다.

나타는 그 모습에 마음이 조급해졌다. 그때 정륜이 나타를 향해 예전처럼 "킁" 하고 콧바람을 보냈다. 그러나 나타는 원래 혼백이 없었으므로 풍화륜에서 떨어질 리가 없었다. 정륜은 이 술법이 통하지 않는 것을 보고 크게 놀랐다.

'스승의 비법은 언제든지 통했는데 오늘은 어찌하여 효험이 없단 말인가?'

다시 콧구멍에서 흰 빛을 뿜어내 보았다. 그러나 나타는 여전히 끄떡없었다. 정륜은 첫번째도 효험이 없고 두번째도 그를 요리할 수 없자 몹시 다급해져서 계속해서 킁킁거려 보았다. 나타가 보고 웃으면서 말했다.

"이 어리석은 놈아, 너는 무슨 개 콧구멍이라도 되었더란 말이냐? 계속 킁킁대고만 있으니!"

정륜이 대노하여 항마저를 휘두르며 달려들었다. 이

렇게 30합쯤 싸웠을 때, 나타가 건곤권을 공중에 날려 아래로 내리쳤다. 정륜은 이 재난을 피하지 못하고 등에 맞아 살이 찢어지고 뼈가 부러져 말에서 떨어질 뻔하다가 가까스로 패주해 돌아갔다.

중군에 앉아 있던 소호에게 정륜이 패배해 돌아왔다는 전갈이 들어왔다. 소호가 정륜을 보니 부상이 깊어 제대로 서 있지도 못할 정도로 힘들어하고 있었다. 소호는 이쯤하면 달랠 수 있겠다 싶어 정륜을 위로했다.

"정륜 장군 내 요즈음 상황을 보니 천명이 따로 있는 듯하오. 어찌 힘으로 몰아붙일 수 있겠는가? 전에 듣자하니 천하의 제후들이 주나라로 귀순하여 모두 무도한 임금을 정벌하려 하고 있으며, 문 태사가 여러 차례 천심을 돌리려 하다가 도륙을 당했으니 실로 백성들에게 괴로움만 끼치고 말았지 않았는가? 내가 지금 칙명을 받들고서 정벌에 나섰으나 그대가 공을 세운 것은 잠시 동안의 요행에 불과한 것이었네. 그대가 이렇게 심한 부상을 당한 것을 보니 마음이 몹시 안타깝네."

소호는 다정한 목소리였고 정륜은 진지하게 듣고 있었다.

"나와 그대는 주장과 부장 사이인지라 진실로 한 몸뚱이와도 같은 정이 있네. 지금 천하가 어지럽고 병란이 그치지 않는 것은 바로 국가의 상서롭지 못한 일로서 인심과 천심을 가히 알 수 있다네. 옛날에 요임금의 아들 단주丹朱가 불초하여 요임금이 죽자 천하가 단주에게로 돌아가지 않고 순임금에게로 돌아갔으며, 순임금의 아들 상균商均 또한 불초하여 순임금이 죽자 천하가 상균에게 돌아가지 않고 우임금에게 돌아갔네. 지금 바야흐로 세상이 헝클어진 실타래처럼 어지럽지만 그 진실과 거짓을 가히 살펴볼 수 있지 않은가? 종래로 천운은 순환하는 것으로 한번 가서 돌아오지 않음이 없네. 지금 주상이 덕을 잃고 포악한 행동으로 상법常法을 어지럽혀 천하가 무너지고 어두운 조짐이 나타나니 이것이 바로 하늘의 뜻이네."

소호가 곧추앉으며 말했다.

"내가 보건대 그대가 이렇게 심한 부상을 당한 것은 하늘이 나와 그대를 경계하고자 하는 것 같네. 옛말에도 '하늘에 순종하는 자는 창성하고 하늘을 거역하는 자는 멸망한다'고 했으니, 주나라에 귀순하여 함께 태평성대를 누리면서 무도한 임금을 무찌르는 것이 좋겠네. 이것이 바로 하늘의 뜻이자 사람들의 마음이니 점쳐보지 않아도 가히 알 수 있네. 그대의 의향은 어떠한가?"

정륜이 이 말을 듣자 정색하면서 소리쳤다.

"군후의 말씀은 틀립니다. 천하제후들이 주나라에 귀순했다지만 군후는 그러한 제후들과는 달라 바로 국척이시니, 나라가 망하면 함께 망하고 나라가 존재하면 함께 존재할 운명입니다. 지금 군후께서는 천자의 막중한 은혜를 입고 계시며 마마께서는 궁궐의 총애를 누리고 계시는데, 하루아침에 나라를 배반하는 것은 불의不義를 행하는 것입니다. 또 국사가 어려울 때 힘을 다해 보답할 생각은 않고 오히려 역적들에게 귀순하려 하는 것은 불인不仁을 행하는 것입니다. 정륜은 결단코 군후를 따르지 않을 것입니다! 진실로 나라를 위해서라면 목숨을 바쳐 군주께 충성하여, 피와 고깃덩이로 된 이 몸뚱이를 아끼지 않고 죽음으로 스스로 맹세할 것입니다. 이것이 바로 나 정륜이 임금께 충성하려는 바람이니 다른 일은 알지 못하겠습니다."

"장군의 말이 비록 옳기는 하지만, 옛말에도 '훌륭한 새는 나무를 가려서 깃들고 어진 신하는 주인을 가려 섬긴다'고 했네. 옛사람 중에 이러한 도리를 행하여 훌륭한 명성을 해치지 않은 자가 있었으니 이윤伊尹이 그러했네. 황비호는 관직이 왕위에 있었지만 지금의 주상이 덕을 잃어 하늘의 뜻에 어긋나고 인심이 반란을 도모하자 천자를 버리고 주나라로 귀순했네. 등구공도 주무왕과 자아가 어진 덕정을 행하는 것을 보고 그가 반드시 창성하리라는 것을 알았고 천자가 무도한 것을 보고 그가 반드시 멸망하리란 것을 알았으므로 역시 천자를 버리고 주나라로 귀순했네. 그러므로 사람이란 모름지기 일의 조짐을 보고 때에 순응하여 일을 행해야만 지혜를 잃지 않게 되네. 그대가 계속 고집을 부린다면 나중에 후회할 일이 생길 것이네."

"군후께서는 이미 주나라에 귀순할 마음을 갖고 계시나, 나는 결코 역적들에게 순종하지 않을 것입니다. 그러니 내가 아침에 죽으면 군후께서는 아침에 서주로 귀순할 수 있을 것이며, 내가 오후에 죽으면 군후께서는 오후에 서주로 귀순할 수 있을 것입니다. 이 목은 끊어질지언정 마음만은 더럽힐 수 없습니다."

정륜은 몸을 돌려 자기 막사로 돌아가 상처를 치료했다. 소호는 군막에서 물러나와 한동안 깊이 생각하고 나더니 아들 소전충에게 군막 뒤에 술자리를 마련하라 명했다. 초경이 되었을 때, 소호는 소전충에게 명하여 후영으로 가서 황비호 부자를 석방하여 군막 앞으로 모셔 오라고 했다. 황비호 부자가 당도하자 소호가 엎드려 절하고 죄를 청하면서 말했다.

"말장이 서주로 귀순할 뜻을 품은 지 오래되었소."

황비호도 황급히 답하여 절하면서 말했다.

"지금 크나크신 덕으로 다시 살려주시는 은혜를 내리니 그저 감격할 따름입니다. 전부터 군후께서 서주로 귀순할 의향을 갖고 계시다는 말을 듣고 마음속으로 갈채를 보내며 기뻤습니다. 그래서 일부러 제가 직접 진영으로 와서 군후를 만나뵙고 그 마음을 물으려 했던 것입니다. 그런데 뜻밖에 정륜에게 사로잡혀 군명君命을 욕되게 했습니다. 지금 군후께서 은혜롭게도 살 길을 열어주셨으니 무슨 분부를 내리든 저희 부자는 명대로 따르겠습니다."

"내가 오랫동안 서주로 귀순하고자 했으나 그 기회를 얻지 못했소이다. 지금 칙명을 받들어 서기를 정벌하러 나섰지만 사실은 이것을 기회로 삼아 귀순할 생각이었소. 그런데 부장 정륜이 완강히 고집하여 거부하니 어찌해야 할지 모르겠소. 내가 상고시대에 천리에 순종하고 거역한 자들을 예로 들면서 달래보았으나 그는 도무지 따르려 하지 않소이다. 그래서 지금 특별히 이 자리를 마련하여 대왕과 공자를 모셔다가 속사정을 털어놓으면서 그 동안 내가 본의 아니게 모욕한 죄를 용서받고자 하는 것입니다."

"군후께서 이미 귀순할 뜻을 품으셨으니 마땅히 속

히 행하셔야 합니다. 비록 정륜이 완강히 고집을 부리지만 계책을 세워 제거하면 됩니다. 대장부라면 당연히 먼저 공을 세워 명주明主를 함께 보좌함으로써 역사에 이름을 남겨야 하니, 어찌 구구하게 필부의 하찮은 충절까지 다 돌볼 수 있겠습니까!"

3경에 이르도록 술을 마시고 나서 소호가 몸을 일으키며 말했다.

"대왕과 공자는 불편하시겠지만 군막 뒤 군량미 보급문으로 나가십시오. 강 승상을 뵙고서 나의 진심을 전해주십시오."

말과 함께 아들 소전충에게 안내해 드리라 일렀다. 마침내 황비호 부자를 전송히여 성으로 돌아가게 했다. 황비호가 성 아래에 이르러 문을 열라고 소리쳤다.

성 위에서는 무성왕인 줄은 알았으나 한밤중이었으므로 군법상 감히 성문을 열지 못하고 자아에게 보고했다. 자아가 3경을 알리는 북소리를 들었을 때 보고가 들어왔다.

"무성왕께서 돌아오셨습니다."

"어서 성문을 열라."

잠시 뒤 황비호가 승상부에 이르러 자아를 뵈었다. 자아가 말했다.

"황 장군은 간악한 자에게 사로잡혀 갔는데 어떻게 한밤중에 돌아오실 수가 있으셨습니까?"

황비호는 소호가 진심으로 서주에 귀순코자 하는 마음을 자세하게 말해 주었다.

한편 소호 부자는 정륜의 고집 때문에 쉽사리 서주로 귀순할 수가 없어 서로 상의를 했다.

"정륜이 몸에 중상을 입은 틈을 타서 서찰 한 통을 보내 자아에게 먼저 진영을 습격하도록 하시죠. 그래서 정륜을 생포하여 성으로 끌고 가서 강 승상 뜻대로 처리하게 하면 어떠하겠습니까? 그리하면 저와 아버님은 일찍 서주에 귀순할 수 있을 것입니다. 일을 늦추다가는 정륜이 의심할까 걱정입니다."

"그 계획이 비록 좋기는 하나 정륜 또한 훌륭한 사람이니 반드시 그를 보살펴주어야 하느니라."

"그의 목숨을 해치지만 않으면 되는 일로 압니다."

소호가 크게 기뻐했다.

"좋다! 내일 결행토록 하자."

부자가 계획을 다 마치고 다음날 거사하기로 했다.

정륜은 나타에게 당한 부상부위에 단약을 발랐으나 잘 듣지 않았다. 밤새도록 고통으로 소리치며 잠도 편히 자지 못했다. 정륜은 또한 이리저리 생각했다.

'주장이 서주에 귀순할 생각을 하고 있는데도 나는 이를 막아 국은에 보답하여 충정을 다하지 못하니 실로 한스럽도다. 일을 제대로 처리할 수 없으니 어쩌면 좋단 말인가!'

다음날 소호가 군막에 올라 시행할 계획을 점검하고 있는데, 문득 원문관轅門官이 중군에 들어와 보고했다.

"눈이 셋이고 대홍포를 입은 어떤 도인이 찾아와서 주장을 뵙고자 합니다."

소호는 도가출신이 아니었으므로 도문道門을 어떻게 존대해야 하는지 몰라 그냥 "들라 하라"고 명했다. 좌우에서 원문에 나가 도인에게 전했는데, 도인은 "들라 하라"고만 하고 "청請"자를 붙이지 않자 마음이 몹시 불쾌했다. 그래서 진영으로 들어가지 않으려다가 신공표와의 신의를 어길까 싶어 그것이 걱정되었다.

'일단 진영으로 들어가 그가 어찌 나오는지 살펴보자.'

하는 수 없이 화를 억누르며 진영 안 중군에 이르렀다. 소호는 도인이 무슨 일로 왔는지를 몰랐다. 도인이 소호를 보고 말했다.

"빈도가 인사여쭙니다!"

소호도 또한 예의를 갖추고 나서 물었다.

"도인께서 오늘 여기에 오셨는데 무슨 가르침이라도 계십니까?"

"빈도는 노 장군을 도와 함께 서기를 격파하고 역적들을 사로잡아 천자께 압송하려고 특별히 왔습니다."

"도인은 어디에 사시며 어느 곳에서 오셨소이까?"

"빈도는 구룡도 성명산聲名山의 연기도사煉氣道士인데, 이름은 여악呂岳이라고 합니다. 바로 신공표가 빈도에게 노 장군을 도우라 청했습니다. 그런데 표정을 뵈오니 믿지 못하겠다는 듯한데 장군은 어찌하여 빈도를 의심하십니까?"

소호가 해명하고 몸을 굽히며 앉으라고 청하자 여呂 도인은 사양하지 않고 곧장 올라와 앉았다. 그때 정륜의 비명소리가 들렸다.

"아이구! 아파 죽겠네!"

여 도인이 그 소리를 듣고 물었다.

"누가 비명을 지르는 것입니까?"

소호는 속으로 생각했다.

'정륜을 나오게 하여 이 자를 시험해 봐야겠다.'

소호가 대답했다.

"그 사람은 오군대장 정륜인데, 서기의 한 장수에게 부상당하여 저토록 비명을 지르고 있소이다."

"나에게 한번 보여주실 수는 없으신지요?"

좌우에서 정륜을 부축하여 데리고 나오자 여 도인이 한번 보더니 웃으면서 말했다.

"이것은 건곤권에 맞은 것이로군. 걱정 마시오. 내가 곧 치료해 주리다."

그는 표피낭 속에서 호리병 하나를 꺼내 단약 한 알을 쏟아내더니 그것을 물에 개어 정륜의 얼굴에 바르자 마치 감로수가 가슴을 적시듯이 즉시 완쾌되었다. 정륜은 중상을 입었다가 완쾌되었으니 이제 맹호에게 다시 쌍날개가 생긴 셈이며, 교룡이 예전처럼 바다 속을 마음대로 오가는 격이 되었다.

정륜은 상처가 완쾌되자 마침내 여악을 스승으로 모셨다. 여 도인이 말했다.

"그대가 이미 나를 스승으로 모셨으니 그대를 도와 공을 이루도록 하겠네."

여악은 군막 안에서 고요히 앉아 3일 동안 아무 말이 없었다.

소후는 이것을 보고 탄식했다.

'막 계획을 시행하려 했는데 다시 도인에게 저지당하고 말았으니 심히 한스럽도다.'

정륜은 여악이 나가서 진을 살펴보지 않는 것을 보

고 군막으로 들어가 아뢰었다.

"스승께서 이미 천자를 위하여 일하기로 했으니, 제자가 스승님의 법지法旨를 받들고 출진하여 자아와 대적하는 것이 어떻겠습니까?"

"나에게 네 명의 문인이 있는데 아직 도착하지 않았느니라. 그들이 오면 네가 서기를 공격하여 공을 이루도록 도와주겠노라."

다시 며칠이 지나 네 명의 도사가 찾아왔다. 도사들은 원문에 이르러 좌우에게 물었다.

"안에 여 도장呂道長이 계시는가? 번거롭겠지만 문인 넷이 찾아왔다고 통보해 주게."

군정관이 중군에 들어와 보고하자 여악이 말했다.

"나의 문인들이 왔도다."

여악은 정륜에게 원문으로 나가 그들을 맞이하게 했다. 정륜이 원문에 이르러 네 명의 도인을 보니 각기 청색·황색·적색·흑색의 얼굴을 하고 있었는데, 어떤 이는 상투를 틀어 올리기도 하고 어떤 이는 도건道巾을 쓰기도 했으며 어떤 이는 두타승 모습을 하고 있었다. 각기 청·황·홍·흑색의 옷을 입고 모두 키가 1장 6·7척이나 되었으며 호랑이 같은 걸음걸이에 눈빛이 번득여 매우 흉악한 모습이었다.

정륜이 정중히 몸을 굽히며 말했다.

"스승께서 들어오시랍니다."

네 도인은 사양하지 않고 곧장 군막에 이르러 여 도인을 뵙고 난 뒤 양쪽으로 나누어 섰다.

여악이 물었다.

"어찌하여 늦었느냐?"

그 중에서 푸른 옷을 입은 자가 대답했다.

"공격에 쓸 물건이 미처 완성되지 않아 이렇게 늦었습니다."

여악이 네 문인들을 돌아보며 말했다.

"여기 있는 정륜이 새로이 나를 스승으로 모셨으니 이제 너희들과 사형제 시이니라."

정륜이 다시 네 사람과 인사를 마친 뒤 몸을 굽히면서 물었다.

"네분 사형의 존함은 어찌되십니까?"

여악이 한 사람씩 손으로 지적하며 말했다.

"이 사람은 이름이 주신周信이고, 다음은 이기李奇이며, 또 주천린朱天麟과 양문휘楊文輝니라."

정륜도 통성명을 하고 마침내 주연을 베풀어 그들을 환대하기를 2경까지 하다가 비로소 헤어졌다.

다음날 소호는 군막에 올랐다가 네 명의 도인이 왔

다는 보고를 받고 마음은 불쾌하고 고민은 더해 갔다.

한편 여악이 말했다.
"오늘 너희 네 사람 중에서 누가 서기로 가서 대적하겠느냐?"
그 중 한 도인이 답했다.
"제자가 가보겠습니다."
여악이 허락하자, 그 도인은 정신을 가다듬고 스스로 자기 도술을 믿고서 진영을 나와 서기로 싸우러 갔다.

子牙西岐逢呂岳

자아가 서기에서 여악을 만나다

주신周信이 검을 뽑아들고 성 아래로 가서 싸움을 청하자, 승상부로 보고가 전해졌다.

"어떤 도인이 와서 싸움을 청합니다."

자아는 요며칠 동안 싸움을 걸어오지 않은 것을 알고 속으로 생각했다.

'오늘 마침내 도인이 왔다고 하니 필경 또한 이인일 것이다.'

곧장 물었다.

"누가 가서 맞서보겠는가?"

금타가 몸을 굽히며 말했다.

"제자가 가보겠습니다."

자아가 허락했다. 금타가 성을 나오자 한 도인이 보였는데 생김새가 매우 흉악했다. 주사처럼 붉은 머리카락에 푸른 얼굴을 했으며, 위아래로 뻐드렁니가 튀어나오고 눈에선 황금빛이 번득였다. 푸른 도포를 입은 위세는 사나운 맹수와 같았고, 발아래 삼줄기로 삼은 신발에선 운무가 피어오르는 듯했다.

금타가 물었다.

"도인은 뉘시오?"

"나는 구룡도에서 기를 수련한 주신이다. 듣자하니 너희들이 곤륜의 술법에 의지하여 우리 절교截教를 멸망시키려 한다 하니 몹시도 괘씸하도다. 오늘 하산했으니 반드시 너희들과 결전하여 자웅을 가르리라."

칼을 쳐들고 성큼 다가오자 금타도 검으로 급히 막았다. 싸운 지 몇 합이 안되어 주신이 몸을 빼내 달아났다. 금타가 즉시 추격하자 주신은 도포를 열고 경쇠 하나를 꺼내들더니 금타를 돌아보며 연거푸 서너 번 두드렸다. 그랬더니 금타는 머리를 흔들면서 얼굴이 금세 백지장처럼 되어 그대로 승상부로 돌아와 비명을 질렀다.

"아이구! 머리 아파 죽겠네!"

금타는 밤낮으로 고통에 겨워 소리쳤다. 이를 보던 자아의 마음도 육신이 찢어질 듯 아팠다.

다음날 다시 승상부로 보고가 들어왔다.

"또 어떤 도인이 와서 싸움을 청합니다."

자아가 좌우에게 물었다.

"이번엔 누가 나가 보겠느냐?"

옆에서 목타가 말했다.

"제자가 나가보겠습니다."

목타가 성을 나서자 한 도인이 보였는데, 쌍상투를 틀어 올리고 엷은 황색 도포를 입었으며 보름달 같은 얼굴에 세 갈래의 긴 수염을 하고 있었다.

목타가 크게 호통쳤다.

"감히 좌도의 사악한 술수로 나의 형님을 곤경에 빠뜨려 두통으로 시달리게 한 놈이 누구인가 했더니 바로 네놈이렷다!"

이기李奇가 말했다.

"아니다. 그분은 나의 도형 주신이시다. 나는 여 조사呂祖師의 문인 이기이다."

목타가 대노했다.

"모두 똑같은 좌도의 악당이로다!"

가볍게 발걸음을 옮기면서 검으로 내려치자, 이기도

손에 든 검으로 막았다. 두 사람이 땅에 구르며 검을 부딪치면서 자웅을 겨뤘다. 육신이 성체聖體를 이룬 목타인지라 위용이 대단했고, 다른 한 사람은 온부瘟部의 유명한 액신厄神인지라 흉악한 빛이 번득였다. 35합이 넘게 싸우다가 이기가 도망치자 목타가 즉시 뒤쫓았다.

두 사람 사이의 거리가 가까이에 이르렀을 때, 이기가 깃발 하나를 꺼내 목타를 향하여 몇 차례 흔들자, 목타는 몸서리를 치면서 더 이상 추격하지 못했다. 이기는 아랑곳하지 않고 곧장 진영으로 들어가버렸다.

목타는 잠시 뒤 얼굴이 백지장처럼 되더니 온몸이 불타는 듯하고 가슴을 기름으로 지지는 듯하여 도포를 벗어 던지고 알몸으로 자아 앞에 나서서 비명을 질렀다.

"에고! 나 죽네."

자아가 깜짝 놀라 급히 물었다.

"어쩌다가 이 모양으로 돌아왔느냐?"

목타는 땅에 쓰러져 입에서 흰 거품을 내뿜었으며 몸은 불덩이 같았다. 자아는 목타를 뒷방으로 옮기라고 명한 뒤 약진관掠陣官에게 물었다.

"목타는 어쩌다가 저 모양으로 돌아왔느냐?"

약진관이 목타가 추격한 일과 이기가 깃발을 흔든 일을 말해 주었으나 자아는 그 까닭을 알지 못한 채 말했다.

"이 또한 좌도의 술수로다!"
자아는 가슴이 답답하기만 했다.

한편 이기가 군영으로 돌아가자 여악이 물었다.
"오늘 누구를 만났느냐?"
"오늘 목타와 대적했는데, 제자가 법번法旛깃발을 펼쳐 그 효험으로 승리를 거두고 돌아와 사존을 뵙게 되었습니다."
정륜이 옆에 있다가 말했다.
"스승님, 이틀 동안 승리를 거두긴 했습니다만 아직 한 명도 사로잡지 못했습니다. 청컨대 묘법이 있으면 자세히 기르쳐 주십시오."
"너는 문인들이 사용한 물건에 모두 현묘한 도력이 있다는 것을 모른다. 대강 맛만 보여도 그들이 스스로 죽을 것인데 어찌 수고롭게 칼과 검으로 죽이겠느냐?"
정륜은 듣고 나서 찬탄을 금치 못했다.

다음날 여악이 주천린에게 명했다.
"오늘은 네가 한번 나가보아라. 너도 손쉽게 공을 이룰 것이다."
법지를 받든 주천린이 검을 빼들고 성 아래에 이르

러 소리쳤다.

"서기에 뛰어난 자가 있다면 나와서 나와 대적하라!"

정탐병이 승상부에 보고하자 자아는 양미간을 찌푸리면서 좌우에게 물었다.

"이번엔 누가 나갈 것인가?"

옆에서 뇌진자가 말했다.

"제자가 가보겠습니다."

자아가 허락했다. 뇌진자가 성을 나갔더니 한 도인이 보였는데 생김새가 흉악했다. 두건 위에선 백합百合끈이 비스듬히 나부끼고 대춧빛 붉은 얼굴에는 방울만한 눈이 번득였다.

뇌진자가 소리쳤다.

"이 요사스런 놈들! 무슨 사악한 술수를 부려 감히 우리 두 분 도형을 곤경에 빠뜨렸느냐?"

"너는 사나운 힘만을 믿고 이렇게 큰소리치지만 누가 너를 두려워하겠느냐? 또한 너는 내가 누군지도 모르고 있는데 내가 바로 구룡도의 주천린이다. 너도 이름은 있겠지? 내 기꺼이 대적해 주겠다."

"하찮은 주제에 불과한 그대가 무슨 도술을 부릴 수 있겠느냐!"

뇌진자가 풍뢰시風雷翅를 펄럭이며 공중으로 날아올

라 황금곤黃金棍으로 내리치자, 주천린도 손에 든 검으로 급히 막았다. 두 사람이 교전하여 몇 합이 안되었을 때 주천린이 물러서서 도망쳤다.

뇌진자가 막 추격하려 할 때, 주천린이 검으로 뇌진자를 한번 가리키니 뇌진자의 풍뢰시는 더 이상 공중에서 펄럭이지 못하고 땅으로 툭 떨어졌다. 뇌진자는 곧장 서기성으로 도망쳐 승상부에 이르렀다.

자아는 뇌진자의 달려오는 형세가 심상치 않은 것을 보고 자리에서 내려와 물었다.

"왕자는 또 어쩌다가 이렇게 되었소?"

뇌진자는 말을 못하고 그저 고개만 흔들더니 그 자리에 풀썩 고꾸라졌다. 자아가 자세히 살펴보았으나 별다른 이상함을 보이지 않는데도 뇌진자가 힘을 쓰지 못했다. 자아의 상심이 이만저만이 아니었다. 뇌진자를 뒤뜰 대청으로 데려가 조리시키라고 명했다. 연이은 패보에 자아의 가슴은 더욱 답답하기만 했다.

다음날 여악은 또 양문휘楊文輝를 보내 성 아래에서 싸움을 걸게 했다.

"오늘 또 한 도인이 와서 싸움을 걸고 있습니다."

자아는 보고를 듣고 마음속으로 주저했다.

'하루에 한 도인씩 바뀌니 지난번 또 십절진의 경우

처럼 되는 게 아닐까?'

자아가 속으로 의심하고 있을 때 용수호가 싸우러 가겠다고 나섰다. 용수호가 성을 나가니 한 도인이 서 있는데, 지초芷草빛 얼굴에 머리카락은 쇠바늘 같았으며 어미금관魚尾金冠을 쓰고 검은 도포를 걸친 자였다. 그는 나는 듯이 걸어왔다.

용수호가 도인을 보고 소리쳤다.

"그대는 누구인가?"

양문휘가 용수호의 기괴하고 희귀한 형상을 보고 크게 놀라 물었다.

"제놈이 먼저 이름을 댈 일이지 남의 이름을 대라 마라야!"

"나는 자아의 문인 용수호이다."

양문휘가 이름조차 대지 않고 검을 휘두르며 달려들었다. 용수호는 계속해서 돌을 쏘아댔다. 양문휘는 오래 버티지 못하고 검을 집어넣더니 도망하기에 급급했다. 여세를 몰아 뒤쫓자 양문휘는 채찍 하나를 꺼내 용수호를 향해 한 차례 휘둘렀다. 그랬더니 용수호는 갑자기 있는 힘을 다해 서기로 달려가 곧장 은안전으로 뛰어들었다. 이것을 보고 자아가 급히 장수들에게 명했다.

"빨리 그를 붙잡아라!"

여러 장수들이 갈고리와 창으로 그를 땅에 쓰러뜨려서야 간신히 붙잡아 묶을 수 있었다. 용수호는 입에서 흰 거품을 뿜으며 하늘만 쳐다보고 눈을 멍하니 뜬 채로 신음소리조차 내지 못했다. 자아는 도대체 펼칠 만한 계책이 없어서 어찌 할 바를 몰랐다.

원래 여악의 네 문인은 온부의 네 행온사자行瘟使者로서, 첫번째 주신은 동방사자로 그가 사용한 경쇠는 두통경頭疼磬이라 하며, 두번째 이기는 서방사자로 그가 사용한 깃발은 발조번發躁旛이라 한다. 세번째 주천린은 남방사자로 그가 사용한 칼은 혼미검昏迷劍이라 하며, 네번째 양문휘는 북방사자로 그가 사용한 채찍은 산황편散瘟鞭이라 한다.

온부에서 먼저 네 명의 행온사자를 보내 자아의 문인들과 대적케 했으니, 이것이 바로 자아에게 닥친 또 하나의 재앙이었다. 그러니 자아가 어찌 알 수 있겠는가?

자아는 양전에게 말했다.

"나의 스승께서 말씀하시길, 36로路에서 서기를 치러 올 것이라 하셨는데, 헤아려 보니 지금까지 30로에서 공격하러 왔었다. 지금 또 이러한 도인을 만나 나의 네 문인들이 곤경에 빠져 고통으로 울부짖고 있으니 내 마음은 견딜 수가 없다. 차라리 이 몸이 그 고통을 대신할 수만 있다면 좋겠다. 대체 어찌하면 좋단 말인가? 장차 어찌한단 말인가?"

그때 갑자기 기문관이 보고했다.

"눈이 셋 달린 어떤 도인이 와서 승상을 나오시라 청합니다."

나타와 양전이 옆에서 말했다.

"오늘까지 닷새째 싸우는 것인데 하루에 한 명씩 바뀌니 도대체 그쪽 진영에 얼마나 많은 절교문인이 있는지 모르겠습니다. 사숙께서 그를 만나보시면 곧 사정을 알 수 있을 것입니다."

자아가 명을 내렸다.

"대오를 갖추어 성을 나서라!"

포성과 함께 두 성문이 열리면서 좌우로는 홍주멸주興周滅紂의 영웅들이 늘어섰고 앞뒤로는 옥허문인들이 버티고 있었다.

여악이 자아가 성을 나오는 것을 살펴보니 진세가 엄정하여 과연 다른 사람들과는 달랐다.

자아가 살펴보니 황색 깃발 아래에 한 도인이 있는데, 짙푸른 얼굴에 주사처럼 붉은 머리카락을 하였고 대홍포를 입고 있었다. 또 세 개의 눈을 부라리면서 금안타金眼駝 낙타를 타고 손에는 보검을 들고 있었다. 그 도인이 소리쳤다.

"오는 사람은 자아공이 아니시오?"

"그렇소이다. 도형은 어느 명산, 어느 선부仙府에서 오셨소? 지금 이곳에 이르러 나의 문인들을 번번이 패퇴시키는데, 도대체 도형은 무슨 마음을 먹고 그러시오? 지금 천자가 무도하고 주왕실이 인정을 베푸는 것은 천하가 다 아는 사실이오. 종래로 인심은 진정한 군주에게로 돌아가는 법이 아니겠소. 도형은 어찌하여 강포함을 일삼으시오? 지금 우리 서주 기산에서 봉황이 울었으니 영웅들이 나오는 것은 점을 쳐보지 않아도 알 수 있는 일이오. 그런데 도형은 또한 어찌하여 하늘을 거역하고 이처럼 행동하시오?"

그는 묵묵히 자아의 말을 듣고 있었다.

"하물며 도형은 도문에서 오랫동안 수련하신 분 같은데, 봉신방은 바로 삼교三敎의 성인들께서 주관하시는 것이며 나 한 사람만의 뜻이 아님을 어찌 모르시오? 지금 나는 옥허궁의 부명符命을 받들어 진정한 군주를 돕고 있으나, 그것은 천지의 액운을 마무리하고 운수의 변화를 완성하려는 것에 불과하오. 지금 도형은 이미 누차에 걸쳐 승리를 거두었으나 그것은 일시적인 요행에 불과하니, 만약에 재난이 닥쳐오면 당신의 술법은 저절로 격파되고 말 것이오. 도형은 힘만 과신하다간 이력에 흠집이 나리다."

"나는 구룡도에서 기를 단련한 여악이라는 사람이오. 그대들이 천교문인들을 믿고 우리 절교를 모욕하기 때문에 내가 일부러 네 명의 문인으로 하여금 맛을 좀 보여주게 한 것이오. 오늘은 특별히 당신을 만나러 왔으니 함께 자웅을 가려봅시다. 당신의 죽을 날이 이미 가까이 왔으니 죽는 것을 두려워하지 말기 바라오. 당신은 내가 하는 말을 들어보시오."

> 절교의 문중에서 내가 제일이니,
> 현묘함 속의 묘결妙訣은 특히 뛰어나다네.
> 오행의 도술이야 평범한 것이며,
> 운무에 올라타는 것도 식은 죽 먹기라네.
> 가슴속엔 적룡赤龍과 흑호黑虎가 함께 들어 있으니,
> 어느 한 곳을 잡기만 하면 저절로 고난을 면치 못한다네.
> 순수한 양기陽氣를 단련하여 몸을 건강케 하고,
> 아홉 번 구워낸 단약으로 수명을 연장한다네.
> 팔방을 자유자재로 신유神遊하고,
> 내 마음대로 대라천大羅天을 소요한다네.
> 내가 오늘 서기 땅에 강림했으니,
> 일찌감치 창을 버리고 죄를 면함이 좋으리.

여악이 말을 마치자 자아가 웃으면서 말했다.

"도형의 말씀을 들어보니 아미산의 조공명趙公明이나 삼선도의 운소雲霄·경소瓊霄·벽소碧霄 등의 도술처럼 하루아침에 그림의 떡이 되고 말 것 같소이다. 도형이 여기에 오신 것도 스스로 죽음을 자초하는 것에 불과할 뿐이오."

여악이 벌컥 화를 내면서 욕했다.

"강상, 너는 무슨 능력을 지녔기에 감히 이 같은 악담을 하느냐?"

금안타를 몰면서 검을 치켜들고 곧장 달려들자 자아가 황급히 막아섰다. 양전이 옆에 있다가 말을 몰아 칼을 휘두르면서 나와 소리쳤다.

"사숙, 제자가 나갑니다."

양전이 물불을 가리지 않고 칼을 내려치자 여악이 검을 들어 급히 막았다. 나타도 풍화륜에 올라타고 화첨창을 휘두르면서 돌진했다. 황천화도 기문 아래에 있다가 더 이상 참지 못하고 나서며 소리쳤다.

"비록 기주후 소호가 우리 부자를 풀어주었으나 설마 내가 그들만 못하랴? 나를 이기려면 꽤나 힘이 들 것이다."

옥기린을 몰아 돌진하여 여악을 가운데에 놓고 포위했다.

한편 소호진영의 기문 아래에 서 있던 정륜은 황천화가 달려나오는 것을 보자 "악!" 하는 소리와 함께 금정수에서 떨어질 뻔하면서 장탄식을 했다.

'나는 주장을 도와 적장을 사로잡아 공을 세웠는데 주장은 본래 서주에 귀순할 뜻을 품고서 도리어 황가 부자를 풀어줄 줄을 누가 알았으리!'

정륜은 다시 생각했다.

'이번에 붙잡으면 즉시 죽여 다른 걱정을 없애도록 해야겠다.'

급히 금정수를 몰아나오면서 소리쳤다.

"황천화, 내가 간다!"

황천화는 원수 같은 정륜을 보자 옥기린을 돌려 쌍철퇴를 휘두르면서 덤벼들었다. 나타는 황천화가 정륜과 대적하는 것을 보고 그가 또 실수할까 싶은 걱정에 급히 풍화륜을 돌려 창으로 정륜의 심장을 향하여 찌르면서 소리쳤다.

"황 공자, 당신은 가서 여악을 잡도록 하시오. 내가 이놈을 처단할 터이니."

정륜은 이미 나타의 건곤권에 한 차례 얻어맞은 적이 있으므로 마음속으로 그를 매우 두려워하여, 싸워봤자 불리하다는 판단에 짐짓 마음을 가다듬고서 나타를 방어했다.

자아는 양전이 칼로 여악과 대적하는 것을 보고 있었는데, 또 보니 황천화가 도우러 나섰고 토행손도 빈철곤을 치켜들고 돌진해 왔다. 등선옥은 저 멀리 원문 아래에서 싸움을 지켜보고 있었다.

여악은 주나라 여러 장수들이 나서는 것을 보고 곧장 몸과 손을 뒤흔들어 360개의 뼈마디로 순식간에 머리 셋과 팔 여섯을 만들어냈다. 한 손은 형천인形天印을 들고, 또 한 손은 온역종瘟疫鍾을 들었다. 또 한 손은 형온번形瘟旛을 들고, 또 한 손은 지온검止瘟劍을 들었으며, 나머지 두 손은 보검을 휘두르면서 푸른 얼굴에 날카로운 이빨을 드러냈다. 자아는 여악이 이 같은 모습으로 변한 것을 보고 두려운 마음에 치가 떨렸다.

양전은 자아가 싸우기를 겁내는 것을 보고, 황급히 포위망 밖으로 말을 달려나가 금모동자金毛童子에게 금환金丸을 가져오라 명했다.

금환은 여악의 어깻죽지를 명중시켰다. 황천화는 양전이 성공한 것을 보고 옥기린을 타고 멀리 떨어져서 화룡표火龍標 하나를 던져 여악의 다리를 맞추었다. 이번에는 자아가 여악이 부상당한 것을 보고 타신편을 휘둘러 여악을 명중시키니 여악은 비명소리와 함께 금안타에서 떨어져 토둔법을 빌어 도망쳤다.

정륜도 여악이 패하여 승리할 수 없게 된 것을 보고 조급해 하다가, 나타의 창에 어깻죽지가 찔려 상처를 입은 채 원문으로 도망쳐 들어갔다. 자아는 더 이상 추격하지 않고 징을 울려 회군했다.

원문에서 이 광경을 지켜보던 소호 부자는 여악이 패하여 부상당하고 정륜 또한 부상당하자 마음속으로 크게 기뻤다.

'이놈들이 이렇게 되는 것은 당연지사지!'

여악은 진영으로 돌아와 중군의 군막에 들어가 앉긴 했으나, 타신편에 얻어맞은 상처를 보니 분노의 삼매화三昧火가 치솟았다. 네 문인들이 와서 사부께 안부를 묻고 말했다.

"오늘은 뜻밖에 사부께서 그들에게 당하셨습니다."

"괜찮다. 나에게도 방법이 있다."

즉시 호로병 속에서 약을 꺼내 씹으면서 여전히 웃는 낯으로 말했다.

"강상, 네놈이 비록 한때 승리를 거두긴 했으나 온 성안 사람들이 목숨을 잃는 참화를 어찌 피할 수 있으리!"

여악은 정륜의 상처도 치료해 주었다.

1경쯤 되었을 때 여악은 네 문인에게 분부하여 한 사

람씩 각각 한 호로병의 온단瘟丹, 즉 전염병을 퍼뜨리는 약을 가지고 오둔법五遁法을 써서 서기성으로 잠입하게 했다. 여악도 금안타를 타고 그들과 함께 성 안으로 들어가 동서남북의 방향에 따라 그것을 뿌린 뒤 3경쯤 되어 돌아왔다.

한편 서기성에서는 이 온단이 우물과 강물에 모두 뿌려진 것을 어찌 알겠는가! 좌도의 온단은 그 즉시 효력을 발생했다. 사람들이 살아가는 데는 물과 불이 가장 시급한 필수품이다. 그러니 부잣집이건 가난한 집이건, 천자건 문무백관이건 일반백성이건 간에 없어서는 안될 것들이었다. 그러니 물을 먹은 모든 사람은 성 안 가득 재앙에 걸리고 말았다.

하루이틀도 안되어 성 안에는 밥 짓는 연기가 사라졌으며 길거리에도 걸어다니는 사람이 보이지 않았다. 온 성 안에 사람소리가 없이 조용했으며 들리는 것은 오로지 신음소리뿐이었다. 승상부 안의 여러 문인들도 이 재난에 걸렸으나, 나타는 연꽃의 화신이었고 양전은 변화의 원공元功을 갖고 있었으므로 이 두 사람만 재앙에 걸리지 않았다.

두 사람은 온 성이 이같이 된 것을 보고 매우 당황했

다. 나타는 내정으로 들어가 왕을 지켰으며 양전은 승상부를 돌보면서 때때로 성에 올라가 방비했다.

두 사람이 상의했다.

"성 안에 온전한 사람이라곤 우리 둘밖에 없는데 이럴 때 여악이 공격해 온다면 어찌해야 좋겠소?"

양전이 말했다.

"걱정할 것 없소. 왕은 성명聖明한 군주이므로 그 복덕이 적지 않을 것이며, 사숙도 이러한 고초를 겪고 계시지만 반드시 고명한 도인이 와서 도와줄 것이오."

한편 여악은 온단을 서기성에 뿌린 뒤 다음날 군막 앞에서 소후 등에게 말했다.

"나는 오늘 하루아침에 당신들에게 공을 이루도록 해주었소. 활과 화살을 사용하지 않더라도 6·7일 안에 서기성의 살아 있는 모든 생물이 죽을 것이니, 그대들은 속히 개선가를 부르며 회군하시오. 단지 내가 하산한 뜻을 저버리지나 말기 바라오."

정륜이 말했다.

"요며칠 서기성 위에는 사람이 보이질 않습니다."

여악이 말했다.

"온 성의 모든 생명이 대재앙을 만났으니 머지않아 모

두 죽을 것이니라."

"이미 서기성의 사람들이 모두 재앙을 만나 곤경에 처해 있는데 어찌하여 군대를 이끌고 성 안으로 들어가 악의 뿌리를 뽑지 않으십니까?"

"그렇게 해도 좋겠지."

정륜도 소후의 명을 받아 흔연히 군사를 이끌고 바야흐로 진영을 나섰다.

한편 서기성에서는 소호진영을 살펴보니 정륜이 군사를 이끌고 진영을 나오는지라 황급해진 나타가 당황하며 양전에게 물었다.

"적군이 쳐들어오니 우리 두 사람이 어찌 저 대군을 막아낼 수 있겠소?"

"당황하지 마시게. 내게 물리칠 계책이 있소이다."

양전이 조용히 흙과 풀 두 움큼을 움켜쥐고 공중을 향해 뿌리면서 "빨리!"라고 소리쳤다. 그랬더니 갑자기 서기성 위에 표범 같이 날렵하고 몸집 큰 동물들이 무기를 번득이면서 배회했다.

정륜이 고개를 들어 서기성을 바라보니 성 위의 군사들이 오히려 전과 같지 않은지라 감히 성을 공격하지 못했다.

훗날 사람들이 이를 두고 시를 읊었다.

양전의 신묘한 도술이 하도 기이하여,
여악은 쓸데없이 마음만 쓰고 말았네.
무왕의 홍복이 천지를 감싸니,
강공姜公이 어려운 때를 만나도 걱정 없다네.

정륜은 서기성 성가퀴에 서 있는 용감하고 날쌔어 보이는 병사를 보자 감히 진격하지 못하고 퇴각했다. 그는 진영으로 돌아와 여악에게 말했다.

"성 위에 사람들이 있는데, 그것도 대단한 거구의 병사들이었습니다."

여악이 놀라 말했다.

"그럴 리가 없다. 온단이 이미 효력을 발휘했을 것이니라."

"두 눈으로 똑똑히 보았습니다."

여악은 더 이상 말하지 않고 깊은 생각에 잠겼다.

한편 양전이 비록 도술을 사용하여 잠시 동안 눈앞의 급한 불을 껐으나 오래 갈 수는 없는 일이었다. 나타가 한참을 걱정하고 있을 때 공중에서 청아한 학의 울음

소리가 들려왔다. 다름 아닌 황룡진인黃龍眞人이었다.

황룡진인은 타고 있던 학에서 사뿐히 내렸다. 나타와 양전이 절을 올리면서 "사부님!" 하고 다가가자 황룡진인이 말했다.

"너희 사부는 오셨느냐?"

양전이 대답했다.

"저희 사부는 아직 안 오셨습니다."

황룡진인이 승상부로 들어가서 자아를 만나보고 다시 내정으로 들어가 무왕을 알현했다. 그런 뒤 왕성을 나와 서기성에 올랐을 때, 그제야 옥정진인玉鼎眞人이 종지금광법縱地金光法을 사용하여 도착했다. 황룡진인이 물었다.

"도형은 어찌하여 늦으셨소?"

"나는 금광법을 빌려오느라 늦었소이다. 지금 여악이 이러한 괴이한 술법으로 온 성을 곤경에 빠뜨려 수많은 사람들이 대재앙을 당하고 있소. 지금이라도 속히 양전을 화운동火雲洞으로 보내 삼성대사三聖大師에게서 단약을 구해 와야 이 재앙을 물리칠 수 있을 것이오."

양전은 사부의 명을 받고 곧장 화운동으로 갔다. 그곳은 사방팔방으로 운무가 피어오르고 쭉 곧은 측백나무와 휘어진 푸른 소나무가 어우러져 참으로 뛰어난 경관이었다.

동부 앞에 이른 양전이 감히 들어가지 못하고 기다렸더니 한 도동이 걸어나왔다. 양전이 나아가 고개를 숙이며 말했다.

"사형, 저는 옥천산 금하동 옥정진인 문하의 양전인데, 오늘 사부의 명을 받들고 삼성三聖 어르신을 배알하고자 특별히 이곳에 왔으니, 사형께서 좀 고해 주십시오."

"그대는 세 분 성인이 누구신지 아시오? 어찌하여 어르신이라 부르시오?"

양전이 몸을 굽히며 말했다.

"저는 모릅니다."

"그대가 모르는 것도 당연하지. 그 세 성인은 바로 천·지·인 3황皇이시지요."

"사형께서 친절히 가르쳐 주시니 감사합니다. 진정 저는 알지 못하고 있었습니다."

도동이 동부로 들어갔다가 잠시 뒤에 나와 말했다.

"세 분 황제께서 그대의 알현을 허락하셨소."

양전이 동부로 들어가 세 분 성인을 배알했는데, 가운데의 한 분은 이마에 두 개의 뿔이 돋아 있었고, 왼쪽의 한 분은 나뭇잎을 어깨에 덮고 허리에 호랑이와 표범의 가죽을 둘렀으며, 오른쪽의 한 분은 황제의 의복을 입고 있었다. 양전은 감히 계단을 올라가지 못하고 다만 땅바닥에 엎드려 절하면서 아뢰었다.

"제자 양전은 옥정진인의 명을 받고 왔습니다. 지금 서기의 무왕은 여악이 소호를 도와 그 땅을 정벌함으로 인하여 심히 곤경에 처해 있사온데, 그들이 무슨 도술을 펼치는지를 모르고 있습니다. 지금 온 성안의 백성들이 모두 병석에 누워 일어나지 못한 채 신음소리가 끊이지 않으며 밤낮으로 편할 날이 없습니다. 대왕의 목숨도 경각에 달려 있으며 강 사숙도 사경을 헤매고 있습니다. 그리하여 제자가 스승의 명을 받들고서 특별히 성인께 간구하오니, 부랑하고 크신 마음으로 무고한 생명들을 구원해 주신다면, 그것은 진실로 다시 태어나게 해주신 넓은 은혜이자 바다처럼 깊은 덕이 될 것입니다."

양전이 말을 마치자, 가운데에 앉아 있던 복희황제伏羲皇帝가 왼쪽의 신농神農에게 말했다.

"우리들은 인간세상의 임금을 위하여 팔괘를 만들고 예악을 제정하여 결코 화란이 없도록 해주었소. 그런데 지금 바야흐로 은나라의 운수가 쇠하여 병란이 사방에서 일어나고 있으며, 주무왕의 덕업은 날로 번성하나 천자의 악행은 차고 넘치니 저주가 천자를 정벌하는 것은 바로 하늘의 운수이지요. 다만 신공표가 천심을 거역한 채 악행을 도와 포학함을 일삼으면서 좌도를 불러들이니 매우 한탄스럽소. 그러니 아우는 수고를 아끼지 말고 서주를 구제하여 덕업이 어긋나지 않도록 하시오."

"황형皇兄의 말씀이 참으로 타당합니다."

신농은 황급히 단약을 가져와 양전에게 주며 말했다.

"이 세 알의 단약 중에서 한 알로는 무왕궁궐의 사람들을 구하고 한 알로는 자아의 여러 문인들을 구하라. 그리고 나머지 한 알은 물에 타서 버들가지에 묻혀 서기성에 골고루 뿌리도록 하여라. 지금 사람들은 역질에 걸려 있느니라."

양전이 머리를 땅에 대고 감사의 절을 올린 뒤 동부를 나가려 할 때, 신농이 양전을 다시 불러 분부했다.

"잠깐 거기 서 있어라."

동부를 나온 신농은 자지애紫芝崖로 가서 사방을 한번 둘러보더니 문득 풀 한 포기를 뽑아 양전에게 건네주면서 말했다.

"너는 이 약초를 가지고 인간세상으로 가서 전염병을 치료하여라. 무릇 세간의 중생 중에서 이 재액에 걸린 사람이 이 약초를 복용하면 병이 저절로 나을 것이니라."

양전은 그 약초를 받아들고 무릎 꿇은 채 아뢰었다.

"이 약초의 이름이 무엇인데 인간세상에 전하여 역질

을 구하게 하십니까? 자세히 가르쳐주시기를 간청드립니다."

"세상에는 없고 오직 이곳 자지애 아래에서 오랜 세월 동안 자란 뒤에 얻을 수 있는 현묘한 약초로, 이름을 시호초柴胡艸라고 하느니라."

양전은 시호초와 단약을 가지고 화운동을 떠났다. 그 길로 곧장 서기로 가서 사부를 만났다.

"단약을 구하러 간 일은 어찌되었느냐?"

양전이 신농이 분부한 말을 자세히 고하자, 옥정진인은 세 알의 단약을 분부대로 시행하여 사람들의 병을 구제했다. 과연 신묘한 단약이었다. 숨이 다 넘어가던 무왕과 자아도 씻은 듯이 나아 다시 하늘을 보게 되었다.

그렇지만 여악이 이 일을 알 리 없었다. 여악은 7·8일을 보낸 뒤 여러 문인들에게 말했다.

"서기의 백성들이 이미 다 죽었을 것이다."

중군에 머물던 소후는 여 도인의 말을 듣고 몹시 괴로웠다.

'내가 좀더 일찍 귀순하지 못해 이런 횡액마저 당하는구나! 하늘은 진정 서기를 버리는가!'

다시 며칠이 지난 뒤에 소호가 몰래 대군영을 나가 서기성 위를 쳐다보았더니, 깃발들이 예전 그대로였다. 또

한 왕래하는 사람들도 끊임이 없었다. 그리고 나타의 왕성한 기운과 양전의 늠름한 기개를 보고 마음속으로 크게 기뻤다.

'여악의 말은 우리들을 현혹시키려는 것에 불과하도다. 어찌 단지 말로 서기를 멸할 수 있겠는가!'

마침내 중군으로 들어가 여악에게 말했다.

"노사께서는 서기사람들이 모두 죽었다고 말씀하셨지만, 오히려 지금 인마가 왕래하며 장수들의 위무도 당당하니 그것은 사실이 아닙니다. 노사께서는 이제 어떠한 방법으로 대처하시렵니까? 전에 하신 말씀은 농담이 아니겠지요?"

여악이 그 말을 듣자 벌떡 일어나 말했다.

"어찌 그럴 리가!"

소호가 다시 말했다.

"제가 방금 전에 확인한 바입니다. 어찌 감히 허황된 말을 하겠습니까?"

여악이 곧장 진영을 나가 살펴보니 과연 그러했다. 그는 손가락을 짚어 헤아리더니 자기도 모르게 탄식의 소리를 질렀다.

"옥정진인이 화운동에서 단약을 가져와 재앙을 구한 것이로다!"

황급히 네 문인과 정륜에게 명했다.

"너희들은 각기 3천의 군사를 이끌고 가서 성 안으로 돌진하여 모조리 도륙하도록 하라. 그들이 아직 대적할 힘이 없을 때인 지금이 절호의 기회니라."

정륜이 여악의 말대로 소호에게 서기를 칠 군사를 내줄 것을 청했다. 소호는 여악이 자아를 격파할 수 없음을 이미 알았으므로 마침내 1만 2천의 군사를 내어주었다.

주신은 3천을 이끌고 동문으로 돌진했고, 이기는 3천을 이끌고 서문으로 돌진했다. 주천린과 양문휘도 각각 3천을 이끌고 남문과 북문으로 돌진했다. 정륜은 성 밖에서 성을 진격할 준비를 하고 있었다.

나타가 성 위에 나가 있다가 보니 소호진영에서 군대를 출정시켜 서기성 앞으로 돌진해 오고 있었다. 급히 황룡진인에게 말했다.

"아직 군사들이 회복하지 못하고 성 안이 텅 비어 단지 우리 넷밖에 없으니 어찌 저들을 막습니까?"

황룡진인은 "걱정할 것 없네" 하고 양전에게 명했다.

"너는 동문으로 가서 문을 열어놓고 적을 맞이하여 들어오게 하라. 나에게 방법이 있느니라. 나타야, 너는 서문으로 가서 그와 같이 하여라. 그리고 옥정진인, 당신은 남문에 가 있으시오. 나는 북문에 있겠소. 그들을 속여 성에 들어오게 하면 내가 알아서 처치할 것이오."
 마침내 여악은 네 명의 문인들에게 서기성을 공격하라고 명했다.

殷洪下山收四將

은홍이 산을 내려와 네 장수를 거두다

주신이 3천의 군사를 이끌고 성 아래에 당도하니 저지하는 기운이 없었다. 즉시 고함소리와 함께 동문을 박차고 들어가 성 안으로 돌진했다. 북소리가 하늘에 울리고 함성이 천지를 진동했다. 양전은 군사가 모두 성으로 들어온 것을 보고 삼첨도三尖刀를 휘두르며 소리쳤다.

"주신! 네가 죽음을 자초하는구나! 도망가지 말고 내 칼을 받아라!"

주신이 대노하여 검을 들고 돌격하자 양전이 칼로 막아섰다.

네 문의 움직임이 이와 똑같았다. 이기가 3천의 군사를 이끌고 서문으로 돌진하자 나타가 막아섰으며, 주천린이 군사를 이끌고 남문으로 돌진하자 옥정진인이 길을 막았다. 또한 양문휘가 여악과 함께 북문으로 돌진하자 황룡진인이 학을 타고 막아서며 대갈일성했다.

　　"여악은 천천히 오라! 너희는 함부로 서기에 침입하여 마치 물고기가 솥에서 헤엄치고 새가 그물에 걸려든 것처럼 스스로 죽음을 자초하는구나!"

　　여악은 황룡진인을 한번 보더니 웃으며 말했다.

　　"그대는 무슨 능력이 있기에 감히 큰소리를 치느냐?"

　　동시에 칼을 뽑아 황룡진인을 내리치자 진인도 급히 검으로 막았다. 진인이 쌍검으로 대적하자, 여악은 금안타金眼駝 위에서 세 머리와 여섯 팔을 내보이면서 자신의 신통함을 한껏 드러냈다. 한 사람은 도를 깨달은 진선眞仙이었고, 한 사람은 온부瘟部의 비조였다.

　　동문에서는 양전이 주신과 싸우고 있었다. 몇 합 붙지 아니하여 양전은 군사들이 가득 들어와 성 안의 백성들을 살육할 것을 걱정하여 마침내 효천견哮天犬을 공중에 풀어놓았다. 효천견이 주신의 목덜미를 꽉 물고 놓지 않았다. 주신은 몸부림을 쳤으나 이미 양전의 칼이 그의 몸을 두 동강 내버린 뒤였다. 한 줄기의 영혼이 봉신대로 갔다.

양전이 천병을 도륙하자 삼군은 모두 성 밖으로 도망가 목숨을 구하려 했다. 양전은 다시 중앙으로 가서 싸움을 도왔다.

나타는 서문에서 이기와 크게 싸웠는데, 이기는 나타의 적수가 아니었으므로 몇 합 싸워 보지도 못하고 나타의 건곤권에 맞아 땅에 쓰러졌으며 다시 옆구리를 창에 찔려 죽고 말았다. 한 영혼이 또 봉신대로 갔다.

옥정진인이 남문에서 주천린과 싸우고 있을 때 양전이 말을 달려와 응전했다. 나타는 이기를 죽이고 나서 풍화륜에 올라타고 맹호 같은 기세로 사졸들을 추격하여 마구 무찌르니 삼군이 모두 도망가 버렸다. 여악은 황룡진인과 맞붙었는데 진인은 그를 대적할 수가 없어 중앙으로 패주했다. 이것을 보고 양문휘가 소리쳤다.

"황룡진인을 잡아라!"

나타는 산천을 진동시키는 삼군의 함성을 듣고 쳐다보니, 여악이 세 머리와 여섯 팔로 황룡진인을 추격하고 있었다. 나타가 소리쳤다.

"여악은 함부로 날뛰지 말라! 내가 간다!"

나타가 창을 비껴들고 돌진하자 여악이 검으로 가로막았다. 나타가 한참 싸우고 있을 때 양전이 도착하여 삼첨도를 휘둘렀는데 마치 번갯불이 번쩍이는 듯했다. 옥정진인이 참선검斬仙劍을 휘둘러 주천린을 주살하고 다시 와서 양전과 나타를 도와 여악과 싸웠다. 이제 서기성 안에는 다만 여악과 양문휘 두 사람만 남아 있었다.

한편 자아는 은안전에 앉아 있었는데 병이 낫긴 했지만 아직 완전히 회복되지는 않았었다. 그리고 좌우에는 뇌진자·금타·목타·용수호·황천화·토행손 등의 문인들이 서 있었다. 그때 갑자기 함성이 땅을 진동하고 징과 북이 일제히 울렸다. 자아가 황급히 물었으나 문인들은 모두 무슨 일인지 모른다고 대답했다. 옆에 있던 뇌진자가 여악을 깊이 증오하여 나섰다.

"제자가 가보고 오겠습니다."

뇌진자가 풍뢰시風雷翅를 펄럭이며 공중으로 날아올라 살펴보니 여악이 성으로 돌진해 오는 것이 보이는지라 급히 돌아가 자아에게 보고했다.

"여악의 적병이 성으로 돌진해 와서 지금 한창 싸우고 있습니다."

금타·목타·황천화 등 다섯 명이 이 말을 듣더니 여악을 뼛속 깊이 증오하며 소리쳤다.

"오늘 여악을 죽이지 않고 어찌 그냥 살려두겠는가!"

일제히 승상부를 뛰쳐나가자 자아도 더 이상 막지 못했다. 한참 싸우고 있을 때 금타가 크게 소리쳤다.

"형제들! 여악을 도망치지 못하게 하시오!"

금타는 급히 둔룡장遁龍椿을 공중에 던졌다. 여악은 이 보물이 내려오는 것을 보고 급히 금안타에 박차를 가하여 막 솟구치려 할 때, 목타가 오구검吳鉤劍으로 내리쳤다. 여악은 미처 피하지 못하고 한쪽 팔에 부상당한 채 도주했다. 양문휘도 형세가 불리한 것을 보고 사부를 따라 패주했다.

여러 문인들은 돌아와 자아를 뵈었다. 황룡진인이 옥정진인과 함께 말했다.

"자아는 걱정 마시오. 그 자는 오늘 패했으니 더 이상 감히 서기를 넘보지 못할 것이오. 우리들은 잠시 산으로 돌아갔다가 당신이 장수에 임명되는 길일에 다시 와서 축하드리겠소."

두 도인은 산으로 돌아갔다.

한편 정륜은 성 밖에 있었는데 패잔병들이 와서 보고했다.

"장군께 아룁니다. 여 도인께서 패했습니다."

정륜은 고개를 숙인 채 말 없이 진영으로 돌아와 소

호 앞에 섰다. 그러나 소호는 마음속으로 매우 기뻤다.

'오늘에야 비로소 천명을 받은 성주聖主께서 힘을 발휘하셨구나!'

모두들 아무 말이 없었다.

그날 여악은 문인들과 함께 패주하여 어느 산에 이르렀는데 마음속으로 매우 놀랍고도 두려웠다. 말에서 내려 솔숲 돌에 기댄 채 잠시 쉬다가 양문휘에게 말했다.

"오늘의 패배로 우리 구룡도九龍島의 명성을 크게 욕되게 했도다. 이제 어디로 가서 어떤 도우를 찾아 오늘의 이 원한을 갚을 수 있단 말이냐?"

말이 채 끝나기도 전에 등 뒤에서 누군가가 부르는 소리가 들렸다. 여악이 고개를 돌려 바라보니, 속인도 아니고 도사도 아닌 것 같은 어떤 사람이 투구를 쓰고 도복을 입고 항마저降魔杵를 들고 천천히 오고 있었다. 여악이 일어나며 물었다.

"거기 오는 도인은 뉘시오?"

"나는 금정산金庭山 옥옥동玉屋洞 도행천존道行天尊의 문하인 위호韋護라 하오. 지금 사부의 명을 받고 하산하여 사숙 자아를 도와 동쪽 5관으로 들어가 천자를 없애러 가는 길인데, 먼저 서기로 가서 여악을 사로잡아 공을 세우려 하오."

양문휘가 이 말을 듣더니 대노하여 대갈일성했다.

"이 간덩이가 부은 놈! 감히 헛소리를 지껄이다니!"

검을 빼어들고 성큼 다가서며 위호를 공격하자 위호가 웃으며 말했다.

"일이 공교롭게도 이곳에서 바로 여악을 만나게 되었구나!"

두 사람이 호랑이 같은 기세로 그 곳에서 한바탕 싸웠다. 서너 합쯤 붙은 뒤에 위호가 항마저를 들어올렸다. 그 보물은 손에 있을 때는 풀처럼 가볍지만 사람의 몸에 맞으면 태산처럼 육중했다.

양문휘는 그 보물이 날아오는 것을 보고 몸을 피했으나 어떻게 그 재난을 피할 수 있겠는가? 그만 정수리에 명중하여 맞고 말았다. 가련하게도 그는 머리가 박살나 골수가 흘러나왔다. 한 줄기 영혼이 봉신대로 향했다.

여악은 제자가 죽는 것을 보고 대노하여 고함쳤다.

"이 못돼 먹은 놈! 감히 이처럼 방자하게 나를 모욕하다니!"

손에 든 검을 휘두르며 곧장 달려들자 위호도 항마저로 변화무쌍하게 응수했다. 한 사람은 삼교의 법문을 수호하는 도인이었으며, 한 사람은 제삼온부第三瘟部의 정신正神이었다. 두 사람이 이리저리 대여섯 합쯤 싸운 뒤에 위호가 다시 항마저를 들어올렸다. 여악은 이것을 보더니 격파할 수 없다고 판단하고 마침내 토둔법을 빌어 노란빛으로 변화하여 도망쳤다.

위호는 여악이 도망가는 것을 보자 항마저를 거두고 곧장 서기성 승상부에 이르렀다. 수문관이 통보했다.

"어떤 도인이 뵙기를 청합니다."

자아는 도인이 왔다는 말을 듣고 급히 명을 내렸다.

"모시도록 하여라."

위호가 처마 밑에 이르러 땅에 엎드려 절하면서 말했다.

"사숙! 제자는 금정산 옥옥동 도행천존의 문하인 위호입니다. 지금 사부의 명을 받고 사숙을 도와 서기를 보필하러 왔습니다. 제자는 오는 도중에 여악을 만났는데, 두 차례의 싸움 끝에 항마저로 이름을 알 수 없는 한 도인을 때려죽였으나 여악은 도망가고 말았습니다."

자아가 듣고 크게 기뻐했다.

"그대의 항마저에 맞아 죽은 자는 아마 양문휘임이 분명하다."

한편 소호는 정륜에게 저지당하여 마음놓고 서주에 귀순하지 못하고 있었으므로 마음이 몹시 괴로웠다. 스스로 생각했다.

'누누이 자아 승상에게 죄를 짓고 말았으니 어찌하면 좋더란 말이냐?'

소호는 답답한 심사를 쉽게 달랠 길이 없었다.

하계에서 이런 일들이 벌어지고 있을 때 태화산 운소동의 적정자赤精子는 이마 위의 삼화三花가 없어지고 가슴속의 5기氣가 소실되었으므로, 한가로이 동부에 앉아 천원天元을 보양하고 있었다.

그때 옥허궁의 백학동자가 서찰을 갖고 왔다. 적정자가 맞이하자 백학동자가 서찰을 펼쳐 읽었다. 비로소 자아가 금대金臺에서 장수에 임명되었다는 것이었다.

"사숙께 서기로 납시기를 청합니다."

적정자가 백학동자를 궁으로 돌려보내고 난 뒤, 주위를 둘러보니 문인 은홍殷洪이 옆에 있었다.

적정자가 말했다.

"제자야, 너는 지금 여기에 있지만 도를 깨달아 신선이 될 사람이 아니다. 지금 주무왕은 어질고 현성하신 군주로서 천하를 상대로 죄지은 자를 치고 백성들을 보살피고 있다. 너의 사숙 자아는 틀림없이 작위를 봉해 받고 동쪽으로 5관을 진격하여 맹진孟津에서 제후들과 회맹하고 목야牧野에서 독부獨夫 천자를 멸망시킬 것이니라. 너는 즉시 하산하여 자아를 돕도록 하여라. 그러나 너에게는 한 가지 걸리는 일이 있어 걱정이다."

"스승님, 제자에게 무슨 걸리는 일이 있단 말씀이십니까?"

"너는 바로 천자의 친자식이니 결코 기꺼이 서주를 돕지는 못할 것이다."

은홍은 이 말을 듣더니 이를 갈고 두 눈을 부릅뜨면서 말했다.

"스승께 아룁니다. 제자는 비록 천자의 친자식이지만 달기妲己와는 백세의 원수지간입니다. 아비가 자애롭지 못하므로 자식이 불효하는 것입니다. 천자는 달기의 말만 듣고 내 모친의 눈을 도려내고 두 손을 불에 지져 서궁西宮에서 비명에 횡사하게 했습니다. 그래서 제자는 항상 원한을 삼키면서 절치부심하고 있습니다. 어떻게 해서든지 이 기회에 달기를 사로잡아 모친의 사무친 원한을 갚을 수만 있다면 제자는 죽더라도 여한이 없겠습니다."

적정자는 은홍의 말을 듣고 마음으로 기뻤다.

"네가 비록 그러한 뜻을 갖고 있으나 걱정을 떨쳐버릴 수는 없도다."

"제자가 어찌 감히 사부님의 하명하심을 저버릴 수 있

겠습니까?"

적정자는 이에 급히 자수선의紫綬仙衣와 음양경陰陽鏡·수화봉水火鋒을 꺼내 손에 들고서 말했다.

"은홍아, 네가 만약에 동쪽으로 진격할 때 가몽관佳夢關을 지나게 되면 그곳에는 화령성모火靈聖母라는 자가 있을 것이다. 그는 금하관金霞冠을 쓰고 있는데, 그것에서 삼사십 장이나 되는 황금 노을빛이 뿜어나와 그의 몸을 휘감으면 그는 너를 볼 수 있으나 너는 그를 볼 수 없게 된다. 그때 네가 이 자수선의를 입으면 칼에 맞아죽는 재앙을 피할 수 있을 것이니라."

또 음양경과 수화봉을 건네주면서 말했다.

"제자야! 이 거울은 반쪽은 붉은색이고 반쪽은 흰색이다. 붉은 쪽을 비추면 곧 목숨을 살릴 수 있고 흰 쪽을 비추면 곧 죽게 되느니라. 또한 수화봉은 너의 몸뚱이를 보호해 줄 것이니라. 너는 지체하지 말고 빨리 행장을 꾸려 떠나거라! 나도 머지않아 서기로 갈 것이다."

은홍이 행장을 꾸려 하산하려 할 때 적정자가 마음속으로 생각했다.

'나는 자아를 위하여 일부러 동부에 있는 보물을 모두 은홍에게 주었다. 그러나 그는 어디까지나 천자의 자식이니 만약 도중에 변심이라도 하면 어찌하겠는가? 그

때는 도리어 결말이 좋지 않게 될 것이다.'

적정자는 다시 황급히 불렀다.

"은홍아! 잠깐 돌아오너라."

"무슨 특별히 분부하실 말씀이라도 계십니까?"

"내가 이 보물들을 너에게 모두 주었으니 이는 곧 너를 믿는다는 증거이다. 너는 이 사부의 말을 잊고서 천자를 도와 서주를 쳐서는 결코 아니되느니라."

"사부님께서 제자를 구하여 이 산으로 데려오지 않았더라면 죽은 지 이미 오래일 것이니, 어찌 오늘이 있기를 바랄 수 있었겠습니까! 그러니 제자가 어찌 감히 사부님의 말씀을 어기고 망각할 리가 있겠습니까!"

"종래로 사람의 얼굴은 그 마음속과 같지 않다고 했으니 어찌 모든 것을 내걸고 보장할 수 있으리! 너는 모름지기 나에게 맹세를 하여라."

은홍이 즉시 맹세했다.

"제자가 만일 변심한다면 사지가 모두 재가 되어 휘날릴 것입니다!"

이렇게 하여 은홍은 동부를 떠나 토둔법으로 서기를 향해 갔다.

은홍은 토둔법을 이용하여 한참 가다가 갑자기 어떤 괴이한 큰 산에 떨어졌다. 은홍이 경치를 다 둘러보고 났을 때 우거진 숲속에서 징소리가 울렸다.

자세히 보니 한 사람이 있었는데, 싯누런 얼굴에 붉은 수염과 누런 눈썹을 하고 눈은 도금한 듯했다. 또한 검은 도포를 걸치고 검은 말을 탔으며 금쇄갑金鎖甲을 입고 은장간銀裝鐧 채찍 두 자루를 들고 있었다. 그가 산을 구르듯이 올라와 천둥 같은 목소리로 대갈일성했다.

"너는 어느 곳의 도동이기에 감히 나의 소굴을 염탐하느냐?"

다짜고짜 은장간을 휘두르며 달려들자 은홍이 수화봉으로 급히 막았다. 서로 뒤엉켜 접전하고 있을 때 산 아래에서 또 한 사람이 소리쳤다.

"장형長兄, 내가 갑니다!"

그 사람은 호개뇌虎塏腦를 쓰고 대추빛처럼 붉은 얼굴에 긴 수염이 있었으며 타룡창駝龍鎗을 쓰고 황표마黃膘馬를 타고 있었다. 두 사람이 한꺼번에 달려드니 은홍이 어찌 그들을 대적할 수 있겠는가? 은홍은 마음속으로 생각했다.

'사부께서 일러주시길 음양경은 사람의 생사를 좌우한다고 하셨으니 오늘 한번 시험해 보자.'

은홍이 음양경을 손에 들고 흰 쪽을 두 사람에게 비추니, 그들은 말안장에서 떨어져 땅바닥으로 굴렀다. 은홍이 크게 기뻐하고 있을 때 산 아래에서 또 두 사람이 올라왔는데 더욱 흉악하게 생겼다. 그 중 한 사람은 황금빛 얼굴에 짧은 머리카락과 구레나룻 수염을 하고 있었다. 대홍포에 은갑옷을 입고 백마를 타고 큰 칼을 들고 있었는데 진실로 용맹스러운 모습이었다.

은홍은 잔뜩 겁을 먹고 거울을 그에게 비추었더니 그 사람도 역시 말안장에서 고꾸라졌다. 뒤에 있던 사람은 은홍의 이러한 도술을 보고 말에서 구르듯이 내려와 무릎을 꿇고 고했다.

"바라옵건대 선장仙長께서는 자비심을 베풀어 이 세 사람의 죄를 용서해 주십시오!"

"나는 선장이 아니라 천자의 자식인 은홍이오."

그 사람은 은홍의 말을 듣고 머리를 땅에 조아리며 말했다.

"소인은 전하께서 납신 줄을 몰랐습니다. 우리 형님들도 모르고 있었으니 부디 용서해 주시길 바랍니다."

"나는 그대들과 원수지간이 아니니 결코 해치지는 않겠소."

은홍이 음양경을 들어 붉은 쪽을 세 사람에게 비추자, 세 사람이 일제히 깨어나 몸을 솟구쳐 오르며 소리쳤다.

"이 요사스러운 놈! 감히 우리들을 능멸하다니!"

옆에 서 있던 사람이 이것을 보고 소리쳤다.

"형님들, 함부로 덤비지 마시오. 이분은 바로 은홍 전하이십니다."

세 사람은 그 말을 듣더니 곧장 땅에 엎드려 절하면서 아뢰었다.

"전하!"

은홍이 물었다.

"네 분은 존함이 어떻게 되시오?"

그 중 한 사람이 대답했다.

"저희들은 이룡산二龍山 황봉령黃峯嶺 숲속에 모여살고 있는데, 저는 이름이 방홍龐弘이며, 이 사람은 이름이 유보劉甫이고, 이 사람은 구장苟章, 이 사람은 필환畢環입니다."

"그대들 네 사람을 살펴보니 범속한 사람이 아니며 진정 당대의 영웅들이오. 나를 따라 서기로 가서 무왕을 도와 천자를 정벌하는 것이 어떻겠소?"

유보가 깜짝 놀라 말했다.

"전하는 성탕의 후손이신데 도리어 천자를 보좌하지 않고 무왕을 돕는 것은 어찌된 까닭입니까?"

"천자가 비록 나의 부친이긴 하지만 그가 윤강을 멸절시키고 임금된 도리를 망각하여 천하사람들에게 모두 버림받고 있으니 어찌하겠소? 그래서 나는 천명에 순응하여 행하며 감히 거역하지 못하는 것이오. 지금 이 산에는 몇 명의 인마가 있소?"

방홍이 대답했다.

"이 산에는 3천의 인마가 있습니다."

"그러하다면 그대들은 나와 함께 서기로 가서 신하된 위치를 잃지 않도록 합시다."

네 사람이 대답했다.

"전하께서 이끄신다면 천지신명이 도우실 것이니 어찌 감히 하명하신 대로 따르지 않겠습니까?"

네 장수는 마침내 3천의 인마를 관병官兵으로 고치고 서기의 깃발을 내건 채 산채를 불태우고 떠나기로 했다.

군대가 며칠 동안 행군하고 있었는데 도중에 갑자기 한 도인이 호랑이를 타고 나타났다. 사람들이 소리쳤다.

"호랑이가 온다!"

도인이 말했다.

"괜찮소. 이 호랑이는 집에서 길들인 것이므로 사람을 해치지 않소. 번거롭겠지만 은홍 전하께 한 도인이 뵙기를 청한다고 전해 주시오."

군사들이 전하의 말 앞에 나아가 아뢰었다. 은홍은 원래 도인출신이었으므로 좌우에 명했다.

"진군을 멈추고 모셔오도록 하라."

잠시 뒤 한 도인이 표연히 다가오더니 흰 얼굴에 긴 수염을 날리며 은홍을 뵙고 머리를 조아렸다. 은홍도 스승을 대하는 예로써 접대했다. 은홍이 물었다.

"도장道長의 존함을 여쭙습니다."

"전하의 사부와 나는 같은 교문敎門으로 모두 옥허문하라오."

은홍이 더욱 몸을 굽히며 "사숙!" 하고 불렀다. 두 사람이 좌정하고 나서 은홍이 물었다.

"사숙의 존함은 어찌되시며, 오늘 여기까지 오셨으니 무슨 가르침을 주시렵니까?"

"신은 신공표라 하오. 전하는 지금 어디로 가는 길이오?"

"사부님의 명을 받들고 서시로 가서 무왕을 도와 천자를 치려 합니다."

도인이 정색하며 말했다.

"어찌 이럴 수가! 천자의 친자식이 아니었더란 말이오?"

"제자의 부친입니다."

도인이 대갈일성했다.

"세상에 어찌 자식된 자가 다른 사람을 도와 오히려 부친을 치는 법이 있단 말이오!"

"천자가 무도하여 천하가 그에게 반기를 들었습니다. 지금 하늘이 따르는 바로써 하늘의 형벌을 행하니 하늘이 반드시 함께하실 것입니다. 그러니 비록 효성스런 자손이 있다 하더라도 그 아비의 죄를 없앨 수는 없습니다."

신공표가 웃으며 말했다.

"전하는 우매하고 한 가지만을 고집하는 분이시구려. 대의를 모르는 전하는 바로 성탕의 후예이니 비록 천자가 무도하다 하더라도 자식이 아비를 공벌하는 법은 없소. 또한 백 년 후에는 누가 왕위를 잇는단 말이오? 전하는 사직의 막중함은 돌보지 않고 누군가의 말만 듣고서 인륜을 거역하려 하니, 천하만세의 불초한 자 중에 전하처럼 심한 자는 일찍이 없을 것이오. 전하는 지금 무왕을 도와 천자를 공벌하려 하는데 만일 헤아려 보지 않는다면, 종묘는 다른 자들의 손에 무너지고 사직 또한 타인의 소유가 되고 말 것이오. 전하는 훗날 죽어서 구천에서 무슨 면목으로 조상들을 만나뵈려는 것이오?"

은홍은 신공표의 일장연설에 마음이 동요되어 고개를 숙인 채 한동안 말이 없더니 이윽고 입을 열었다.

"사숙의 말씀에도 비록 일리는 있으나 나는 일찍이 오로지 무왕만을 돕겠다고 나의 사부께 맹세했습니다."

"전하는 어떤 맹세를 했소?"

"내가 맹세하길, 만약 무왕을 도와 천자를 공벌하지 않는다면 사지가 모두 재가 되어 날아가버릴 것이라 했습니다."

신공표가 웃으면서 말했다.

"그것은 부득이 해서 내뱉은 맹세에 불과하오! 세상에 어찌 육신이 재가 되어 날아갈 리가 있겠소? 전하가 내 말에 따라 생각을 바꾸어 서주를 정벌하러 간다면 머지않아 반드시 큰 공을 세울 것이니, 아마도 종묘에 계시는 조상님들의 영혼을 저버리지 않고 오로지 나와 함께 일편단심을 바칠 수 있을 것이오."

은홍은 그때 그만 정신이 미혹하여 신공표의 말을 듣고 적정자의 분부는 내팽개쳐 버렸다. 아직 도가 깊지 못함인가, 아니면 그렇게 될 하늘의 운명이었던가! 신공표가 더욱 교묘한 말솜씨로 은홍을 사로잡은 뒤 이윽고 말했다.

"지금 서기에 기주후 소호가 정벌 나가 있으니 전하는 그곳에 가서 합류하시오. 나는 다시 전하를 위하여 한 사람 고명한 도인을 모셔와 전하가 공을 이루도록 돕겠소."

은홍이 얼굴색을 바꾸며 외쳤다.

"소호의 딸 달기가 나의 모친을 해쳤는데 내가 어찌 원수의 아비와 함께하겠습니까?"

신공표가 웃으며 말했다.

"복수심은 모름지기 가슴속에 감춰 있으니 서로 만나

는 것쯤이야 무슨 해가 되겠소? 전하가 천하를 얻게 되면 그때 가서 마음대로 모친의 원한을 갚을 수 있을 것인데 어찌하여 한순간을 참지 못하고 기회를 잃는단 말이오?"

그제야 은홍이 몸을 굽혀 감사하며 말했다.

"사숙의 말씀이 매우 타당합니다."

신공표는 은홍의 마음을 돌려놓은 뒤 호랑이를 타고 떠났다.

은홍은 즉시 서주의 깃발을 바꾸어 성탕의 명호名號를 내걸고 하루 만에 서기에 도착했다. 과연 소호의 대진영이 성 아래에 주둔하고 있었다. 은홍이 방홍에게 명하여 소호로 하여금 접견하러 나오도록 하자, 방홍은 영문을 모른 채 곧장 말을 타고 진영 앞에 이르러 소리쳤다.

"은홍 전하께서 납시셨으니 기주후는 영접하러 나오시오!"

정탐병이 중군으로 들어가 보고했다.

"군후께 아룁니다. 진영 밖에 은홍 전하의 군대가 당도하여 지금 군후께 영접하러 나오시라 합니다."

소호는 듣더니 깜짝 놀라며 한편으로 곰곰 생각했다.

'천자의 전하는 죽은 지 이미 오래인데 어찌 전하가 또 있단 말인가? 하물며 나는 조칙을 받들고 정벌하러 온

대장의 신분인데 누가 감히 날더러 영접하러 나오라 하는고?'

이에 기문관旗門官에게 분부했다.

"찾아온 사람을 들어오게 하여라."

군정관이 방홍을 들어오게 하자 방홍은 그를 따라 중군에 이르렀다. 소호는 방홍의 흉악한 생김새와 괴상한 모습을 보고서 물었다.

"너는 어디에서 온 병사이며, 도대체 어떤 전하가 너를 여기로 보냈느냐?"

"둘째전하의 하명으로 말장이 노장군님을 찾아온 것입니다."

소호가 듣더니 곰곰이 옛일을 돌이켜 생각했다.

'당시에 은교殷郊와 은홍 전하는 교두장絞頭椿에 묶여 있다가 바람에 불려 사라져 버렸는데, 어떻게 또 둘째전하 은홍이 찾아왔단 말인가?'

옆에 있던 정륜이 아뢰었다.

"군후께 아룁니다. 당시에 바람에 불려 사라진 것은 진정 불가사의한 일이었습니다. 생각건대 틀림없이 그때에 어떤 신선이 데려간 것 같습니다. 그래서 지금 천하가 어지러워 사방에서 병란이 일어나는 것을 보고 사직을 도우려고 특별히 왔는지도 모를 일입니다. 군후께서 잠시 그의 군영으로 가셔서 그 진위를 살피시면 곧 내막을 알 수 있을 것입니다."

소호는 그 말을 따를 수밖에 없었다. 대진영을 나가 원문에 이르자, 방홍이 자기 진영으로 돌아가 은홍에게 고했다.

"기주후께서 원문에서 명을 기다립니다."

은홍이 좌우에게 명하여 들어오게 하자, 소호와 정륜이 중군에 이르러 예를 올리고 몸을 굽혀 말했다.

"말장은 갑옷을 입고 있어서 온전히 예의를 갖추지 못하오니 용서바랍니다. 묻자온대 전하는 성탕의 어느 종파이십니까?"

"나는 천자의 둘째아들 은홍이오. 부왕께서 실정하여 우리 형제를 교두장에 묶어서 막 형을 집행하려 했는데, 하늘이 나를 버리지 아니하셨던지 해도의 고명한 도인께서 나를 데려가셨소. 이제 오늘 하산하여 그대를 도와 공을 이루고자 하는데 어찌 나를 알아보지 못하시오?"

정륜이 듣고 나더니 손으로 이마를 치며 말했다.

"오늘의 만남은 실로 사직의 복입니다."

은홍은 복수심을 애써 감추고 소호에게 군대를 합류시키라고 명했다. 그런 다음 진영으로 들어가 물었다.

"연일 주무왕과 싸움을 했을 텐데 그래 승부가 판가

름 났소?"

소호가 전후 대전大戰을 하나하나 자세히 들려주었다. 잠시 뒤 은홍은 군막 안에 급히 준비한 왕의 복장으로 갈아입었다.

다음날 은홍은 여러 장수들을 이끌고 진영을 나가 싸움을 청했다. 서기의 정탐병이 승상부에 아뢰었다.

"승상께 아룁니다. 밖에 은 전하라는 사람이 싸움을 청합니다."

자아가 깜짝 놀라 말했다.

"성탕에는 후사가 끊어졌는데 무슨 전하가 어찌 군사를 이끌고 올 수 있단 말인가?"

옆에서 항비호가 말했다.

"당시 은교와 은홍이 교두장에 묶여 있을 때 갑자기 바람이 불어 사라져 버렸는데 아마도 오늘 돌아온 것 같습니다. 소장이 그를 알고 있으니 내가 나가서 살펴보면 그 진위를 알 수 있을 것입니다."

황비호가 명을 받고 성을 나가자 그의 아들 황천화가 진두에 나섰으며, 황천록黃天祿·황천작黃天爵·황천상黃天祥과 함께 다섯 부자가 일제히 성을 나섰다. 황비호가 말 위에서 살펴보니 과연 은홍이 왕복을 입고 있었으며, 좌우에 방홍·유보·구장·필환이라 깃발을 내건 네 장수들이 늘어서 있었다. 뒤에는 정륜이 좌우 호위사가 되어 버티고 있었다. 소호군과는 달리 참으로 질서정연했다.

황비호가 말을 몰아 다가가서 물었다.

"거기 오는 사람은 뉘시오?"

은홍은 황비호와 10여 년을 떨어져 있었으므로 황비호가 서기로 귀순했으리라고는 꿈에도 생각하지 못했다.

은홍이 대답했다.

"나는 천자의 둘째전하인 은홍이다. 그대는 누구인데 감히 반란을 일삼느냐? 지금 조칙을 받들고 서기를 정벌하러 왔으니 일찌감치 말에서 내려 결박을 받아 나로 하여금 수고케 하지 마라. 듣자하니 서기의 강상이 곤륜의 문하라고 하는데, 만일 나를 화나게 하면 그대들의 서기에서 풀 한 포기조차 모두 쓸어없앨 것이다!"

황비호가 그 말을 다 듣고 나서 답했다.

"전하! 나는 다른 사람이 아닌 바로 개국무성왕 황비호입니다."

은 전하가 깜짝 놀라 속으로 생각했다.

'이곳에도 설마 황비호가 있는 것은 아니겠지?'

은홍이 마침내 말을 달려 방천극을 휘두르며 돌진하자, 황비호도 오색신우를 몰아 나서며 창으로 급히 막았다. 신우와 소요마가 서로 뒤엉켰다.